Anna Jansen-Gronkowska

DE ALLERGROOTSTE LIEFDE VAN DAAN VAN DE BEEK

Van Goor

ISBN 978 90 475 1464 0
NUR 284
© 2010 Van Goor
Uitgeverij Unieboek | Het Spectrum bv, postbus 97, 3990 DB Houten

www.van-goor.nl
www.unieboekspectrum.nl

tekst Anna Jansen-Gronkowska
omslagontwerp Steef Liefting
omslagfoto Bonnita Postma
zetwerk binnenwerk Mat-Zet bv, Soest

1

Antwerpen. Een zaterdagochtend in mei. Die dag was alles begonnen.

Mijn ouders en ik zaten aan de met gidsen bezaaide tafel op een terrasje aan het begin van de Meir, de Antwerpse winkelstraat. Het was elf uur, 'de perfecte tijd om iets te drinken', had Herman gezegd. Het was warm, een rokjesdag, en iedereen leek blij, zelfs de man die langs de tafels liep te bedelen.

Ik dronk cola en keek naar de meisjes: eindelijk hadden ze geen dikke truien en jassen meer aan. Blote armen en benen, strakke, laag uitgesneden t-shirts en bloesjes van stoffen waardoorheen je alles kon zien: ik kon er uren naar kijken en me voorstellen hoe het zou zijn als zo'n meisje mijn vriendin was.

Herman en Mieke, alleen als ik boos ben noem ik hen pa en ma, waren bezig onze route voor de dag uit te stippelen: eerst naar een museum, daarna een expositie, lunch, en weer een museum. Ze bladerden in boeken, keken op de kaart en berekenden voor welke bezienswaardigheden ze genoeg tijd hadden en wat ze, o, wat jammer, moesten laten schieten.

'Daan, wat denk je, moeten we eerst naar het Rubenshuis of naar de kathedraal?' vroeg Herman.

'Mij maakt het echt niks uit,' zei ik en ik vroeg me voor de honderdste keer af waarom ik eigenlijk wéér mee was gegaan.

Waarschijnlijk omdat ik wist dat het voor Mieke belangrijk was. Al in februari vroeg ze of ik mee zou gaan. Ik had toen mijn neus opgetrokken, want de vorige stedenreis bestond uit vier dagen in een Duits boerengat met amper twee straten, maar wel vier kerken, een kinderboerderijtje en een zwembad van vier bij zeven meter in de kelder van het hotel: alles bij elkaar om je dood te vervelen.

Mieke zag direct dat ik er geen zin in had, en had beloofd dat het dit keer een leuke en grote stad zou worden. Speciaal voor mij, zei ze nog, dus ik zei ja. Niet omdat ik zo graag met mijn ouders langs halfvervallen gebouwen loop, maar om mijn moeder een plezier te doen.

Toen ik een paar weken later hoorde dat we naar Antwerpen zouden gaan, dacht ik: nou, België, dat kan wel leuk zijn. Het is tenslotte slechts een uurtje met de auto, ze praten daar dezelfde taal, dus ik hoef mijn tong niet te breken, en hun eten is lekkerder dan de worsten en zuurkool van de Duitsers.

Nu had ik er spijt van: ik wou dat ik in Rotterdam was gebleven en samen met Sjoerd, Paul en Gido naar het klassenfeest van Sanne was gegaan, ook al vind ik haar een trut. Maar zelfs een feestje bij haar zou beter zijn dan achter mijn ouders aan van het ene naar het andere suffe monument te lopen. Er was in Antwerpen niks interessants voor mij te beleven, dacht ik toen.

Herman en Mieke liepen voorop. Ze stopten bij elk gebouw dat er een beetje oud uitzag en bekeken minutenlang elk detail. Herman zocht informatie in drie verschillende gidsen en als hij iets belangrijks vond, las hij het hardop voor. Mieke maakte foto's voor het stadsalbum dat naast de andere honderdvierendertig albums zou komen te staan.

Ik luisterde met een half oor. Kennis van al die architectonische en historische weetjes hielp me al een paar keer op school, Maar meestal keek ik de andere kant op en probeerde iets leuks voor mezelf te vinden. Een winkel met computers of mobieltjes, of een mooi meisje. En dan liep ik weer een stukje achter mijn ouders aan. Doodsaai was het.

Na een paar honderd meter zag ik links een plein waar muziek vandaan kwam. Het klonk heel anders dan de muziek van de arme straatmuzikanten uit Oost-Europa die in het centrum van Rotterdam hun geld proberen te verdienen. Nieuwsgierig liep ik tussen de mensen door en ik zag twee jonge mannen die voor de gevel van een boekhandel stonden: de ene speelde viool, de andere contrabas.

Ik keek over mijn schouder: Herman en Mieke waren ook gestopt. Ze keken in de gids en wezen naar een gebouw.

Ik bleef een paar minuten naar de muziek luisteren en gebaarde daarna naar mijn ouders dat ik verder wilde gaan. Herman stak zijn hand naar rechts. Later ontkende hij het, maar ik weet heel zeker dat ik het toen goed zag, want door dat ene gebaar veranderde mijn leven.

Ik knikte en stak mijn duim omhoog, zodat Herman wist dat ik het had begrepen. Ik liep rechtdoor, daarna rechtsaf en stopte op de hoek van twee nauwe straten. Ik leunde met mijn rug tegen de muur van een huis aan en wachtte.

Aan de overkant zaten mensen op een terrasje. Ze aten wafels met aardbeien en slagroom, en dronken chocolademelk. Het rook erg lekker en ik kreeg trek: het ontbijt in het Crowne Plaza Hotel waar we logeerden was al drie uur geleden. Als je veertien bent, twaalf centimeter in een halfjaar bent gegroeid en nog steeds groeit, kun je de hele dag eten.

Ik wachtte en wachtte, maar mijn ouders kwamen niet.

Steeds vaker keek ik op mijn horloge en na twintig minuten besloot ik om terug te gaan en een paar euro aan hen te vragen om ook zo'n wafel te kunnen kopen, want het water liep me in de mond.

Toen ik op het plein kwam waar Mieke en Herman hadden gestaan, was het vol met mensen en ik kon mijn ouders niet vinden, dus ik ging terug naar de hoek waar we hadden afgesproken. Daar waren ze ook niet. Het gaf allemaal niks: de mobiel is een geweldige uitvinding.

Ik stak mijn hand in mijn broekzak en schrok – mijn mobieltje zat er niet in. Ik voelde in mijn andere jas- en broekzakken, maar ook daar was het niet.

Die ochtend nog had ik een sms van Sjoerd gekregen – hij vroeg of ik met de trein terug kon komen. Ik had hem geantwoord dat ik het niet kon maken en toen had ik mijn mobieltje in mijn broekzak gestopt. Of had ik het toch ergens laten liggen?

Ik voelde nog een keer in al mijn zakken: niks. Niet helemaal niks: mijn portemonnee had ik wel en ook mijn ov-chipkaart, biebpas en een oud pakje kauwgum. Maar geen mobiel. Ik was bestolen. Of was ik misschien een sukkel die zijn telefoontje in de hotelkamer had achtergelaten?

Wachten op Herman en Mieke had geen zin meer – we waren elkaar misgelopen. Ik kon terug naar het hotel of ik kon in mijn eentje Antwerpen gaan verkennen, maar dan zou Mieke zich zorgen maken. Ik koos dus een derde mogelijkheid: ik besloot om mijn ouders te gaan zoeken. Herman had naar rechts gewezen, maar misschien bedoelde hij een straat verder.

Ik ging lopen, ook al wist ik dat het mogelijk het domste was wat ik kon doen: als ze in plaats van op mij te wachten mij zochten, zouden we elkaar nooit vinden.

Twee uur lang heb ik door straten en over pleinen rondgedoold. Voor niks. Ik kon nog slechts één ding doen: terug naar het hotel. Ik moest de metro vinden. Toen we 's ochtends het hotel hadden verlaten, zag ik de rails en de halte, maar niet welke lijn daar reed.

'Met welke metro kom ik bij het Crowne Plaza Hotel?' vroeg ik aan een vrouw die twee volle boodschappentassen droeg. Ze was duidelijk geen toerist, waarschijnlijk woonde ze in Antwerpen, dus ze zou het antwoord moeten weten.

'Wat?' vroeg ze me verbaasd.

'Crowne Plaza Hotel.'

'Dat weet ik niet,' zei ze en ze liep ongeïnteresseerd door.

Pas de zesde persoon die ik aansprak, weer een vrouw, zei dat ik naar de Groenplaats moest.

'Doorlopen,' zei ze met dat Belgische accent waar Mieke zo gek op is. 'Gewoon doorlopen.'

Ik liep dus door. Langs de winkels en over een plein, samen met honderden andere mensen. Het was heel warm, de zon scheen en het werd steeds drukker.

'Groenplaats?'

'Doorlopen.'

Weer over een plein.

'Groenplaats?'

'Daar.'

Ik mengde me in een massa Japanners, Duitsers en Engelsen die dezelfde kant op liepen, en al snel belandde ik op een groot plein naast een fontein en het standbeeld van een ridder. Ik stopte en keek voor alle zekerheid rond of ik misschien ergens Herman en Mieke zou zien, en schrok toen de ridder met zijn hand bewoog: het was geen beeld, maar een levend mens. Hij boog naar mij en wees met zijn zwaard naar de kerk.

Ik schudde mijn hoofd. 'Daar heb ik niets te zoeken,' zei ik.

De ridder trok een boos gezicht en maakte een beweging alsof hij mijn hoofd wilde afhakken. Mensen lachten.

Ik liep weg. Ik houd er niet van om het middelpunt te zijn.

Ik ging naast een groepje toeristen staan en zocht naar het logo van de metro. Vlakbij zat een meisje in het blauw gitaar te spelen en te zingen. Ze speelde goed en had een mooie, zachte stem. Ik had een paar woorden opgevangen: '...*your bed and your pan, and here is your love, for the woman, the man.*'* Ik had graag willen blijven luisteren, maar ik had een missie.

Ik wilde doorlopen, toen een grote groep Canadezen of Amerikanen mijn weg kruiste. Ze wilden dat zingende meisje zien. Ze drongen naar voren en duwden me in haar richting. Ik verzette me, duwde terug en probeerde weg te komen, maar het lukte me niet: ik werd meegesleurd met de mensenstroom.

Geloof je in het lot? Ik toen niet, maar ik kan nog steeds niet uitleggen hoe het gebeurde dat ik struikelde. Dat was toeval, zei mijn broer maanden daarna, maar sinds die dag in mei geloof ik niet meer in toeval. Het was voorbestemd.

Ik viel, recht voorover. Het kwam hard aan: mijn knieën bonkten tegen de stenen en ik dacht dat ik mijn pols had verstuikt.

Vloekend keek ik omhoog en daar was ze: een elf met grote ogen en blauw haar. Ze zong: '*your love for that all*', en het klonk alsof ze mij bedoelde. Ik lag op mijn buik voor haar voeten, keek naar haar gezicht en het enige wat ik kon denken was dat de hemel toch écht bestaat en ongetwijfeld blauw is van kleur.

De Elf stopte met zingen en zei geen woord, maar glimlachte en stak haar hand naar mij uit.

'Bedankt,' zei ik. 'Ik... eh... ik...' Ik weet niet wat ik wilde zeg-

* Leonard Cohen, 'Here It Is'

gen. Misschien mijn naam, of misschien wilde ik haar vragen waarom ik nooit had geweten dat ze bestond, en anders hoe ze op de aarde was beland, want ze was niet van deze wereld. Haar hand wilde ik ook niet loslaten: deze lag zo warm en zacht in de mijne.

Langzaam trok ze haar vingers terug. 'Ik moet werken,' fluisterde ze en ze duwde me zachtjes weg.

Ik dacht dat ik de mensen hoorde lachen en iets tegen me hoorde roepen, maar ik zag alleen haar en luisterde alleen naar haar.

Ik deed een stap naar achteren, maar zorgde ervoor dat ik vooraan bleef staan, zodat ik haar niet uit het oog kon verliezen. Gekleed in een blauwe, flodderige jurk, met grote, blauwe vleugels op haar rug en een blauw kroontje op haar hoofd glimlachte ze naar de toeschouwers, poseerde voor de camera's, speelde op haar gitaar en zong.

Ik stond én keek én klapte samen met de anderen, maar ik hoorde er niet bij, bij al die toeristen en voorbijgangers en attractiezoekers, ik hoorde bij haar, alsof ik haar altijd al kende. Ik was verliefd. Geen idee hoe ik het wist, want ik was nog nóóit verliefd geweest, maar ik had geen twijfels: het was liefde en het was voor altijd.

Mijn ouders was ik allang vergeten en als hun beeld soms door mijn hoofd raasde, dan wuifde ik het als iets onbelangrijks weg.

We zijn naar een Italiaan gegaan. Het meisje – ik wist haar naam nog steeds niet – had een fles rosé besteld en die werd snel op de tafel gezet, samen met één groot wijnglas. Voor haar. Ik geloofde direct dat ze minstens zestien was, maar dat kwam niet door haar gezicht, want het was een zacht, engelachtig gezicht. Het was meer door hoe ze zich gedroeg: ik vond het heel volwassen.

Over mijn leeftijd had de kelner geen twijfels, dus ik kreeg een glas koud water voor me neergezet. Dat was maar goed ook: ik had het heet. Ik pakte het glas en dronk het water op.

De kelner schonk wijn voor het meisje in en nam de bestelling op. Eén pizza calzone en voor mij een met extra salami en extra kaas, zonder tomaat.

Toen hij weg was, duwde de Elf haar glas in mijn hand. 'Drink op,' zei ze. 'Dat is mijn lievelingswijn. Heel erg lekker.' Ze hield haar hoofd een beetje schuin, keek me recht in de ogen en glimlachte op zo'n bijzondere manier dat ik haar het liefst naar me toe zou trekken en haar kussen en haar nooit meer zou laten gaan. Alles in mijn hoofd tolde en ik voelde me dronken, ook al had ik nog geen druppel van haar wijn geproefd.

'Drink op,' herhaalde het meisje.

Zelfs als ik niet zou weten wat er in het glas zat, zou ik het, als zij het zei, nog opdrinken, dus zonder verder na te denken goot ik alles in twee grote slokken naar binnen.

De Elf knikte tevreden, glimlachte weer, schonk het glas vol en dronk het leeg. Het was waarschijnlijk een illusie, maar ik dacht dat ze haar lippen op dezelfde plek zette waar een moment ervoor mijn lippen het glas aanraakten.

Ik proefde niets van het eten, zo bezig was ik met de Elf. Ze voerde me stukjes van haar pizza en na een tijdje durfde ik, helemaal onverwacht voor mezelf, ook stukken van de mijne in haar mond te stoppen. Misschien kwam het door de wijn, want toen onze borden leeg waren, was de fles ook leeg en voelde ik het in mijn hoofd.

De Elf pakte sigaretten uit haar tas. 'Wil je ook?'

Ik rook nooit, toch wilde ik ja zeggen, maar toen trok ze haar neus op en zei: 'Nou... Beter van niet, vind je niet?'

Ik vond alles wat ze zei goed, dus ik knikte.

Ze moest naar het station en ik ging mee.

Het was er overvol en lawaaierig: honderden mensen die in en uit liepen, de stem van de omroepster die de vertrektijden en bestemmingen herhaalde, het gillende metalen geluid van de wielen van de treinwagons die bij de perrons remden.

De Elf hoefde geen kaartje te kopen, ze had een retourtje, zei ze. Ik ging met haar naar het ondergrondse perron, waar een trein stond te wachten. Tot mijn verbazing was het een trein naar Rotterdam.

'Woon je ook in Rotterdam?' vroeg ik.

'Ja, wat dacht jij?'

'In de hemel,' zei ik, en ze lachte.

Ze stapte in en ik ging achter haar aan, maar voor de tweede keer die dag duwde ze me weg.

'Jij moet hier blijven, nietwaar?' vroeg ze toen ik weer op de grijze perrontegels stond.

Ik schudde mijn hoofd, maar ze lachte opnieuw. 'Je ouders wachten vast op je. Hier, kauwgum. Anders weten ze direct dat je iets hebt gedronken wat je zeker nog niet mag.' Ze stopte vijf of zes stukjes kauwgum tegelijk in mijn mond.

Mijn ouders! Ik was hen echt helemaal vergeten. Ik keek op de stationsklok: tien over negen. Herman en Mieke waren vast de politie en alle ziekenhuizen aan het bellen.

'Ik...' Ik wilde haar om haar telefoonnummer vragen, maar ik durfde niet. Meisjes versieren – dat was iets voor Sjoerd of voor mijn broer, maar niet voor mij.

De Elf kuste haar vingertoppen en raakte met dezelfde vingers mijn wang aan. Ik deed mijn ogen dicht en verbeeldde me dat ze me echt zoende.

'Dag, *mooi boy*,' fluisterde ze.

'Mag ik...' begon ik weer.

Mijn woorden verdwenen in het geschreeuw van een groep jongens die van de trap naar de trein renden.

'Schiet op!' gilden ze door elkaar. 'De trein vertrekt zo!'

De conducteur die bij de volgende wagon stond, riep iets tegen me, stak zijn arm omhoog, floot en sprong de trein in.

De deuren gingen dicht.

Als een idioot sloeg ik tegen het glas in de deur en riep: 'Ik wil je weer zien, ik moet je zien!' Ik kwam niet boven het lawaai uit.

De trein kwam in beweging, de Elf liep verder de gang in, en ik rende en schreeuwde: 'Ik moet je zien!'

De Elf wees heftig naar mij en naar zichzelf, maar ik begreep er niets van. De trein maakte snelheid, dus ik ging nog harder rennen, maar ik wist dat ik had verloren: het eind van het perron was slechts een klein stukje van me af. Ik stopte net een halve meter ervoor en vloekte omdat ik niet vliegen kon.

Toen trok de Elf het raam open en riep: 'Eline! Ik heet Eline!' En ze zwaaide met beide handen wild naar mij.

'Eline. Eline,' herhaalde ik om het te onthouden, ook al wist ik toen al dat ik die naam nooit van mijn leven zou vergeten.

2

'Waar was je?' riep Herman toen ik door de draaideur kwam. Hij rende naar mij toe.

Mieke zat aan een tafel, samen met een politieagente en iemand van de receptie. Ze legde haar hand op haar hart, zuchtte hoorbaar en keek zo ontdaan naar mij alsof ze me niet een paar uur, maar een heel jaar niet had gezien.

'Daan, Daan, Daan!' herhaalde Herman.

De andere gasten keken ons nieuwsgierig en tegelijk ongerust aan. Mijn vader is een grote man, bijna twee meter lang, maar hij doet geen vlieg kwaad. Niemand heeft zo'n rustige vader als ik: hij schreeuwt alleen als Feyenoord scoort en anders nooit. En hij slaat zelfs geen mier dood: elk beestje dat in ons huis loopt, vangt hij in een doosje of een glaasje en vervolgens zet hij het in de tuin.

Nu pakte hij me vast en drukte me zo hard tegen zich aan dat ik bijna geen lucht kreeg.

'Ik stik,' zei ik.

Herman liet los. Hij raakte mijn handen en armen aan alsof hij voelde of ik niet gewond was en duwde me daarna zachtjes in de armen van Mieke.

'Waar was je?' herhaalde hij de hele tijd. 'Waarom wachtte je niet op de hoek waar we hadden afgesproken? En hoe kun je vergeten je mobiel mee te nemen?'

Ik gaf Mieke een kus op haar wang. 'Sorry,' zei ik.

Mijn moeder pakte me vast bij mijn nek en aaide me over mijn hoofd. 'O, wat goed dat je terug bent,' zei ze. 'Je kunt je niet voorstellen hoe bang ik was.'

Ik knikte. 'Natuurlijk wel,' zei ik. 'Het spijt me echt.'

De politieagente stond op van haar stoel.

Tien over tien wees de grote klok boven de receptie aan.

'Daan, waar was je?' vroeg Herman weer.

'In de stad,' zei ik en ik bedacht direct dat het een dom antwoord was. 'Ik bedoel... in Antwerpen. Overal. Ik weet niet eens waar.' Het klonk chaotisch en verdacht wat ik zei. Straks, dacht ik, als ze een beetje rustiger zijn, dan vertel ik hun de waarheid.

'Ach, het maakt toch niks uit waar hij was,' zei Mieke. 'Hij is terecht, de rest is onbelangrijk.'

'Ja, natuurlijk, het allerbelangrijkste is dat je terecht en gezond bent!' zei Herman. 'Maar kon je écht niet naar een telefooncel lopen en bellen om te zeggen dat er niks aan de hand was? Je wist toch dat we ongerust zouden zijn! We hebben alle ziekenhuizen afgebeld. Weet je hoe verschrikkelijk het is om te moeten wachten tot ze de lijst van binnengekomen patiënten hebben nagekeken?'

Alsof ík dat nog niet had bedacht, dacht ik en ik trok een vreselijk schuldig gezicht.

'Sorry, Herman! Ik... ik heb niet nagedacht.'

'Ja, niet nagedacht, dat is wel duidelijk.' Herman gaf me een schouderklopje en glimlachte, maar ik zag dat hij nog steeds bezorgd was.

'U hebt me verder niet nodig,' zei de politieagente. 'Ik wens u nog een prettig verblijf.' Ze stond op, gaf Mieke een hand en daarna Herman, en knipoogde naar mij. Ze was heel jong, misschien wilde ze me een beetje moed geven. Of misschien vond ze me een dombo. Dat zou Bas zeker zeggen als hij het verhaal van Mieke en Herman zou horen. Ik hoorde het hem al zeggen: 'Mama's kindje. Kan niet eens een halfuur door de stad lopen zonder te verdwalen.' Maar wat zou hij zeggen als hij de waarheid zou weten? Een meisje met blauw haar. Met mij!

'Dus, wat is er gebeurd?' vroeg Herman toen we aan tafel zaten. 'We hebben bijna een uur op die hoek gewacht.'

'Ik een halfuur,' zei ik. 'Misschien wat minder. En toen ben ik jullie gaan zoeken. Had ik maar beter niet kunnen doen.'

'Bijna een halfuur? Maar dat kan helemaal niet, want wij stonden daar ook,' zei Herman. 'Dan hebben we op twee verschillende plekken op elkaar gewacht. Ben je, zoals ik je heb aangegeven, tot het plein gegaan?'

'Welk plein?' vroeg ik. 'Je stak je hand naar rechts.'

'Nee. Rechtdoor!' Hij deed het voor.

Mieke pakte onze handen vast en kneep er zacht in. 'Stop maar allebei. Het is niemands schuld.'

Herman kuste haar wijsvinger. 'Je hebt helemaal gelijk. Maar ik snap nog steeds niet waarom het de hele dag heeft geduurd voor Daan terugkwam. Dus?'

Nu zal ik hun vertellen dat ik Eline heb ontmoet, dacht ik. Dat ik verliefd ben, dat zij zo bijzonder is en dat ze ook in Rotterdam woont. Ik haalde diep adem...

'Ik was de naam van het hotel vergeten,' zei ik.

Zo begonnen mijn leugens. Met een goede reden, vond ik. Ik kon hun toch niet vertellen dat ik hen om een meisje uren in angst had laten zitten?

Maar er was nog iets. Mijn ouders zijn oké, maar een meisje met blauw haar dat op straat haar geld verdient, dat rookt en met mij een fles wijn leegdrinkt – dat zouden ze niet begrijpen.

Daarom loog ik, denk ik. Omdat ik voelde dat ze me zouden willen beschermen tegen iets wat ik voor geen geld zou willen missen.

Hermans mond viel open – zoiets simpels als de naam van het hotel vergeten had hij niet verwacht.

'Eh... Wat?!'

'Je hoort het toch, hij was de naam van het hotel vergeten,' zei Mieke en ze pakte haar lepel op. 'Kan toch gebeuren? Ik onthou ook de namen van al die hotels waar we slapen niet meer. En nu eten.'

Bijna anderhalf uur heb ik met Herman en Mieke aan tafel gezeten. Ze wilden weten waar ik had gelopen, wat ik had gezien en meegemaakt, maar ik kon me niet op het gesprek concentreren. Ik luisterde niet, miste de vragen en gaf de verkeerde antwoorden.

Herman en Mieke geloofden uiteindelijk dat ik langs een heleboel hotels was gewest, bijna failliet was gegaan aan de buskaartjes, dat ik mijn benen niet meer voelde en doodmoe was. Ik kreeg zelfs twintig euro van Herman als schadevergoeding. Zo was ik mooi uit de kosten van de pizza's en de wijn.

'Je bent vast heel erg moe. Wil je naar bed?' vroeg Mieke toen ik een van haar vragen weer niet hoorde.

Het enige wat ik op dat moment wilde was alleen zijn, dus ik knikte.

'Wacht maar niet op ons. We gaan een stukje wandelen, en misschien nog ergens een wijntje drinken.'

In mijn hotelkamer ging ik voor het raam zitten, en toen ik naar de gele nachtlichten van Antwerpen keek, wist ik dat ik niks wist. De laatste twaalf uren hadden mijn hele wereld op zijn kop gezet. Er gebeurde iets in mij wat ik voelde, maar niet begreep, en ik wist dat het allemaal met Eline te maken had. Nog nooit was een meisjesgezicht zo lang op mijn netvlies blijven staan: of ik mijn ogen open of gesloten had, ik zag haar. En alles was blauw.

Toen de trein waarin ze zat niet meer te zien was, was ik terug naar de Grote Markt gelopen, alsof ik dacht dat ze daar nog steeds zou zijn. Bijna een uur had ik daar gestaan en gekeken en nagedacht. Als het moest, zou ik elke zaterdag terug naar Antwerpen komen, had ik besloten. Elke zaterdag, tot ik Eline zou vinden.

Ik liet me op mijn bed vallen en ik herhaalde haar naam tot ik in slaap viel: Eline, Eline, Eline...

De volgende dag was ik weer op de Grote Markt, nu samen met mijn ouders. Het was koud en het regende. Geen hordes toeristen, geen standbeelden, geen engelen met blauw haar.

Herman en Mieke wilden van alles zien, ik niks, maar we zijn toch, zoals hun plan de dag ervoor al was, naar twee musea geweest, en daarna hebben we bij een Italiaan geluncht. Ik bestelde weer een pizza, maar het smaakte me niet. Ik wilde een pizza eten met Eline.

'Zou ik een glaasje rosé mogen?' vroeg ik.

Herman en Mieke keken elkaar aan en begonnen hard te lachen.

'Leuk,' zei Mieke. 'Heel grappig.'

Ik glimlachte zuur, maar ze merkten het niet.

's Avonds laat reden we – ik zat op de achterbank – terug naar Rotterdam. Het regende. Alsof die mooie, zonnige zaterdag speciaal voor Eline en mij bedoeld was geweest.

Ik staarde naar de druppels op de ramen en zweeg.

Ik wilde Eline zien. Ik móést haar zien.

Zaterdag zou ik weer naar Antwerpen gaan. Met Sjoerd. Of, nog beter: alleen.

3

De hele maandag kon ik aan niets anders denken dan aan Eline. Het liefst wilde ik iedereen over haar vertellen, maar toen ik op school bij Sjoerd, Paul, Gido en Vincent kwam staan, was Paul net over een nieuw kassameisje bij de AH aan het vertellen. Zaterdag had hij van vijf tot halfzeven voor de supermarkt gestaan. Hij had gehoopt dat hij iets met haar zou kunnen afspreken, maar hij had haar niet naar buiten zien komen.

'Misschien heeft ze een andere uitgang genomen,' zei hij. 'Vanmiddag ga ik weer kijken. Misschien is ze er weer.'

'Je hebt daar niks te zoeken,' zei Gido. 'Ik heb haar als eerste gezien. Al een week geleden. Ik ga met haar afspreken.' Gido denkt dat hij elk meisje kan krijgen. Hij vindt zichzelf geweldig, en zelfs als we hem zeggen dat hij een zelfingenomen klootzak is, gelooft hij ons niet.

'O ja? Waarom heb je haar dan een week geleden niet gevraagd?' vroeg Paul.

Sjoerd lachte Paul en Gido uit.

'Alsof er niet genoeg meisjes zijn! Liefde bestaat niet. Het is een mooi meidenwoord voor seks. Daan, vertel liever hoe het in Antwerpen was.'

Ik vertelde dus. Maar geen woord over Eline.

'Daan, gooi je kleren in de was!'

Het was al bijna tien uur 's avonds toen Mieke riep. Ik zat op bed, staarde in mijn geschiedenisboek zonder dat ik een woord las en dacht aan Eline.

Ik sprong van mijn hoogslaper af. De vloer kraakte en mijn boekenkast trilde.

'Kan het een beetje zachter?' riep Bas vanuit zijn kamer.

'Zeikerd!'

Na een paar dagen bij zijn vriendin Julia in Amsterdam te zijn geweest, was Bas weer thuis. En meteen hadden we ruzie. Vroeger was hij mijn beste vriend en deden we alles samen. Toen Bas naar de middelbare school ging, was ik opeens zijn kleine broertje. Zelfs voetballen kon ik toen niet meer – zijn nieuwe vrienden, die konden pas voetballen! Wat ik ook deed, hij riep dat ik een sukkel was. Een idioot. Een klein kind.

Hij was me ontgroeid, zei Mieke, hij zat in een andere levensfase dan ik. Het zou ooit wel goed komen tussen ons, zei ze nog, maar ik geloofde het allang niet meer.

Ik stopte mijn broek en mijn trui in de wasmachine, sloeg het deurtje dicht en op dat moment herinnerde ik me dat ik die twintig euro van Herman in de broekzak had laten zitten.

Ik maakte de zakken leeg: een twintigeurobiljet, een Belgische strippenkaart en een lege kauwgumverpakking. En Elines servetje. Uit de pizzeria.

Met het servetje van Eline in mijn hand klom ik op mijn bed – het was het enige wat ik van haar had. Ik hield het tussen mijn handen, ik liet het op mijn borstkas liggen, ik hield het tegen het lamplicht. En toen zag ik het: vage cijfers en letters. Met trillende handen vouwde ik het open. Met potlood stond er geschreven: *Eline* en een 06-nummer. Zou het... Ik durfde het niet te denken, maar een andere uitleg had ik niet – het moest haar nummer zijn. Wanneer had ze dat opgeschreven? En hoe was het in mijn broekzak beland? Ik sprong van het bed af.

'Daan, hou op!' riep Bas.

'Ja!' riep ik en ik pakte mijn mobiel uit mijn rugzak.

Ik toetste het nummer. 'Het nummer is niet in gebruik.'

'Kut!'

'Wat?' vroeg Herman, die net mijn kamer binnen stapte.

'Iemand heeft me een nummer gegeven, maar het is fout!'

'Niets om voor te schreeuwen, hoor,' zei Herman. 'Misschien heb je gewoon verkeerd gekozen. En geen schuttingwoorden, oké?'

Ik deed de deur achter hem dicht.

Nogmaals drukte ik de toetsen in. Nul. Zes. Een. Vijf. Een. Drie. Drie. Fout!

Nog een keer. Cijfer voor cijfer. Ik drukte op de groene toets en wachtte. En wachtte. En wachtte. Het duurde een eeuwigheid tot ik haar stem hoorde: 'Met Eline. Wie ben jij en hoe kom je aan mijn nummer?' Ik dacht nog dat het een voicemail was, maar toen ze 'Hallo?' zei, ging de hemel voor me open.

Het was kwart over elf toen Mieke in haar pyjama naar mijn kamer kwam.

'Ik dacht al dat ik je stem hoorde,' zei ze. 'Zou je niet naar bed gaan, jongen? Het is hartstikke laat. Met je vrienden kun je morgen op school weer praten.'

Ik knikte, zei welterusten, deed het licht uit en ging achter het bed zitten, tussen de kast waarin toen mijn vliegtuigmodellen stonden en de muur. Herman zegt dat mijn meubels op onzinnige plaatsen staan, dat mijn ruimtelijke visie niet helemaal klopt en dat ik mijn kast naar links moet verplaatsen. Ik doe het niet, want als ik daar zit en praat, kan niemand me horen, zelfs niet als ze met hun oor tegen de deur staan. En daar zat ik met Eline te praten. Over Antwerpen, over engelen en standbeelden, over treinen en reizen en vrij zijn. Vrij zijn, dat was haar thema, zoals scheikunde en meisjes de thema's van Sjoerd zijn, architectuur het thema van mijn ouders, en strafrecht dat van Bas. Ik luisterde meer dan ik sprak, maar dat was precies goed, want dan deed ik mijn ogen dicht en waande me op het Antwerpse plein, samen met haar.

Ik had geen slaap. Ik was klaarwakker en het liefst zou ik helemaal niet naar bed gaan, maar de hele nacht in mijn hoekje op de vloer blijven zitten en mijn mobiel tegen mijn oor houden. Het verbaasde me zelfs dat ik Eline een paar keer hoorde gapen en daarna hoorde zeggen: 'Ik ga mijn nestje in.'

'Nu al?' vroeg ik.

Eline lachte. 'Het is al halftwee! Wat is je naam ook alweer?'

'Daan.'

'Welterusten, Daan. Ik ben moe.'

'Welterusten,' zei ik, maar in plaats van de verbinding te verbreken vroeg ik: 'Eline, zie ik je nog? Alsjeblieft!'

Ze zweeg zo lang dat ik dacht dat ze niet meer luisterde en ik zei nog een keer haar naam, puur uit wanhoop.

'Ja, ik ben er nog,' zei ze. 'Hoe oud ben je, Daan?'

'Is het belangrijk?'

'Jong dus. Jonger dan ik in ieder geval.'

'Hoe oud ben jij dan?'

'Ouder dan jij,' zei ze lachend. 'Nou ja, goed. Omdat ik je zo lief vind. Donderdag halfzeven in café Floor tegenover Pathé op het Schouwburgplein. Maar maak je geen illusies. En bel me tot donderdag niet meer, goed?'

'Eline! Waar woon je?'

'Dat weet je toch, in Rotterdam.'

'Waar in Rotterdam?'

'Soms hier en soms daar. En soms ook niet. En nu slapen, anders krijg je morgen een onvoldoende en dan wordt je mama boos.'

Ze hing op.

Met mijn kleren aan en het mobieltje in mijn hand klom ik mijn bed in. Mijn hart klopte zo hard dat mijn hoofd bijna ontplofte. Slapen zou ik die nacht niet, dat wist ik zeker. Ik staarde naar het plafond. Ik wist al wat de allerbeste beslissing in mijn leven was geweest: met mijn ouders naar Antwerpen gaan. Ik wilde zelfs naar hun kamer rennen en hen ervoor bedanken, maar ze zouden zich rot schrikken en denken dat ik gek was geworden. En misschien zouden ze, wat dat betreft, gelijk hebben. Want ik was gek: op Eline.

4

Dinsdag, woensdag, donderdag. Drie dagen wachten. Elke dag opstaan, douchen, eten, naar school gaan en terugkomen, met mijn vrienden praten en naar mijn ouders luisteren, tanden poetsen, handen wassen, naar de wc gaan. Doen alsof er niks was veranderd, alsof de wereld en het leven hetzelfde waren als altijd. Als ervoor, toen ik haar nog niet kende.

Ik deed dus normaal, en het lukte redelijk. Ik maakte precies dezelfde ruzies als altijd met Bas. Ik zat uren achter mijn computer. Elke ochtend werd ik door Mieke wakker gemaakt met de woorden: 'Je bent alweer met je tv aan in slaap gevallen!' Ik gooide mijn rugzak in het midden van de gang, waarop Herman riep dat hij hem een keer op straat zou smijten, maar het nooit deed.

Ik maakte één keer een megafout: op dinsdagavond miste ik Eline zo dat ik haar belde.

'Ja?'

'Hoi,' zei ik.

'Wie zegt hoi?'

Ze herkende mijn stem niet! 'Daan,' zei ik onzeker.

'Wie?'

'Daan. Antwerpen. Donderdag in Floor.'

'O, ben jij het. Sorry. Ik kan nu écht niet met je praten. Het moet tot donderdag wachten, oké?'

'Ja, natuurlijk. Sorry,' zei ik.

''t Geeft niks,' zei ze en ze hing op.

Ik voelde me dom en ongelukkig.

Er zat niks anders op dan wachten.

Aan Mieke en Herman vertellen waar ik die donderdag naartoe ging durfde ik niet. Niet dat ze iets tegen een afspraakje met een meisje zouden hebben. Ik denk zelfs dat Mieke blij zou zijn. Al een paar keer had ze gevraagd of er geen leuke meisjes bij mij op school zaten. Of jongens, voegde ze eraan toe en dan glimlachte ze alsof ze wilde zeggen dat ze er geen moeite mee zou hebben.

Maar als ik zou zeggen dat ik met Eline had afgesproken, zou ik ook moeten vertellen wat er in Antwerpen was gebeurd. En dat ik eerder had gelogen. Ik loog dus weer – dat vond ik makkelijker. Ik zei dat ik met Vincent naar een film ging. Aan Vincent vertelde ik niks: als hij me belt, wat niet vaak gebeurt, dan belt hij altijd naar mijn mobiel.

Ik ging met de metro. Ik stapte bij de Beurs uit en liep over de Lijnbaan naar Pathé. Café Floor zag ik direct: grote neonletters boven een glazen wand.

Ik rende naar binnen. Eline was er niet. Ik keek nog een keer, tafel voor tafel, gezicht na gezicht, ook al wist ik dat ik haar niet over het blauwe hoofd zou kunnen zien. Toen liep ik door naar de binnentuin. Het was druk daar en groen door bomen en struiken. Ik liep rond, op zoek naar die bijzondere kleur blauw, maar ze was er niet. Ik liep terug naar de zaal, ging aan een tafel dicht bij de ingang zitten en bestelde een cola.

Op het verhoogde plein tussen het café en De Doelen waren skaters aan het oefenen. Ze droegen donkere, laaghangende broeken en te wijde T-shirts. Ze leken allemaal op elkaar, alsof ze tot één bende behoorden. Onder de overkapping voor de ingang van Pathé stonden verkopers van daklozenkranten. Op de houten banken langs de straat zaten verliefde paartjes en oude mensen die voer voor de duiven strooiden.

Ik keek, nipte aan mijn cola en wachtte. En keek op mijn horloge en checkte mijn mobieltje, maar er waren geen oproepen en geen berichten.

Om halfacht bestelde ik mijn tweede cola.

'Wil je niets eten?' vroeg de serveerster. Ze was jong, misschien twee of drie jaar ouder dan ik. Ze had een smetteloos wit bloesje en een lange zwarte schort aan. Haar haren waren blond, haar ogen waren blauw, haar make-up leek op die van de meisjes uit mijn klas. Ze had niets van wat Eline zo bijzonder maakte.

Ik schudde mijn hoofd.

De serveerster glimlachte begripvol, ze dacht zeker dat ik geen cent meer bij me had, en ging de tafels afruimen.

Ik belde Eline. Ze nam niet op.

Ik stuurde een sms'je.

Ik belde nog een keer.

Mijn mobiel bleef zwijgen, alsof hij dood was.

En toen begreep ik het: ze zou niet komen. En ik snapte waarom: ze kende zeker veel jongens die interessanter waren dan ik: ouder, slimmer, knapper, met ervaring. Misschien had mijn broer toch gelijk: misschien gedroeg ik me echt als een kind.

Of misschien... Misschien was het gewoon een misverstand: ze bedoelde halfacht, niet halfzeven. Ja, dat was het, zeker weten.

Om kwart over acht ging ik naar buiten, op de rand van het verhoogde plein zitten, met mijn gezicht naar de deur van Floor. De rand was koud, maar de lucht was nog heet en leek te trillen.

Misschien bedoelde ze een ander café, of misschien bedoelde ze vóór het café – ik wist niks meer en twijfelde aan alles en in het bijzonder aan mezelf.

Nog een halfuur, zei ik tegen mezelf, nog een halfuur en dan zou ik echt weggaan, terug naar huis. Ik checkte nog een keer mijn mobieltje, ook al wist ik dat ze niet had gebeld en ook geen sms had gestuurd: het geluid stond op max, geen kans dat ik het niet zou horen.

Opeens: twee handen over mijn ogen. Ik legde mijn handen erop. Eline lachte en trok de hare terug.

'Ik dacht dat je al weg was,' zei ze.

'Nee, natuurlijk niet, we hadden toch afgesproken!'

'Maar niet om halfnegen,' zei ze. 'Ga je altijd zo lang op me wachten? Want soms duurt het nog langer.'

Ik knikte. Alleen al het feit dat ik op haar mócht wachten was me alles waard.

'Sorry, Daan. Mijn beltegoed is op, dus ik kon je niet bellen dat ik later zou zijn. En nu moet ik iets eten,' zei ze, en ze sprong van de verhoging op het trottoir en stak over naar Floor.

We gingen aan dezelfde tafel zitten waar ik een uur geleden had gezeten, en dezelfde serveerster kwam ons helpen, maar nu deed ze onaardig. Ze bekeek Eline van top tot teen, tuitte haar glanzende lippen en vroeg op onaardige toon: 'Wat moet het zijn?'

'Voor mij een cola. En de menukaart,' zei Eline. 'En voor jou?'

'Ook een cola,' zei ik.

'Wel direct betalen, hoor,' zei de serveerster. 'Ik heb geen zin om achter jullie aan de straat op te rennen.'

Ik keek haar verbaasd aan. Het kwam zeker door Elines blauwe haar dat ze zo onaardig deed, dacht ik, door de blauwe kleur van haar wimpers, en door die zwarte kleren die ze droeg.

Sommige mensen zijn dom. Veroordelend.

Eline haalde haar schouders op, pakte haar portemonnee uit haar tas en gaf de serveerster een biljet van twintig euro. 'Hier,' zei ze.

De serveerster pakte het wisselgeld uit haar dikke portemonnee en smeet het op de tafel.

Eline haalde haar schouders op en telde het geld. Het klopte – ik telde automatisch in mijn hoofd mee –, maar Eline telde het nog een keer. Toen knikte ze tevreden. 'Het klopt,' zei ze.

Toen de serveerster weg was, raakte Eline mijn hand aan. 'Weet je, ik heb je gemist.'

Ik bloosde.

Zij lachte.

De serveerster kwam met de cola en twee menukaarten.

Eline las hardop. Ook de prijzen. 'Duur, vind je niet?' vroeg ze.

Ik knikte.

'Gaan we straks naar McDonalds?' vroeg ze.

Twee patat, twee hamburgers en een salade. Dat is wat we hebben genomen. Eline had honger, dus ze at ook mijn portie friet op. Ze zag er anders uit dan in Antwerpen, moe en opgejaagd, maar ik durfde niet te vragen waarom. Maar zelfs met een donkere schaduw onder haar ogen, zelfs zonder haar blauwe vleugels was ze mooi. Nog mooier dan ik me herinnerde. Nu kon ik goed zien dat haar ogen grijsblauw met gouden stipjes waren, dat ze bijzonder kleine handen had met slanke vingers, dat ze een ring met een groene steen om haar middelvinger droeg, en dat in haar hals een moedervlekje zat.

'En, ken je me al uit je hoofd?' vroeg ze spottend.

Ik voelde dat ik rood werd, maar ik ontkende niets.

Eline vroeg me naar mijn ouders en ons huis, en waar ik met vakantie heen ging, wat voor auto we hadden en waar ik op school zat. Ze pakte mijn hand vast en streelde mijn vingers en glimlachte zo lief dat ik niet meer met haar wilde praten, maar haar omarmen en kussen.

Ik hoopte dat ze misschien iets over zichzelf zou vertellen, maar haar mobiel ging steeds. Ze nam niet op, maar keek naar het scherm, en soms wiste ze het bericht en soms sloeg ze het op.

'Je hebt het druk. Zeker een heleboel leuke jongens,' grapte ik, maar tegelijk was ik bang dat het echt zo was.

'Ja,' zei ze. 'Dat is ook zo. Een heleboel jongens, maar ook een paar meisjes. Maak je er niet druk om. Dat zijn mensen van mijn werk.'

'Wat doe je dan voor werk?'

'Waarom moet je dat weten?'

'Ik moet niets. Maar jij weet alles over mij en ik niks over jou!'

'Ik doe niks bijzonders, hoor. Vertel liever over die stedenreizen met je ouders. Ik vind het erg schattig.'

Langzaam liep de Mac leeg en het duurde niet lang of alle tafels waren vrij. Alleen wij tweeën zaten in een hoek van de zaal naar elkaar te kijken en met elkaar te praten.

Het was rond halftien toen mijn moeder belde. Waarom ik nog niet thuis was.

'Ja ja, ik kom zo.'

'Wat is zo?' vroeg Mieke.

'Zo snel mogelijk,' zei ik en ik verbrak de verbinding.

Eline likte haar vingers af en zei: 'Dan gaan we, toch? Ik ben hier al klaar.'

We staken de straat over, klommen de verhoging op en liepen over het plein, hand in hand.

'Of vind je het niet prettig?' vroeg Eline lachend en ze kuste me op mijn wang. Ik werd weer rood.

Toen we vlak bij de ingang van Pathé waren, riep een junk die daar kranten stond te verkopen iets tegen ons. Ik begreep niet wat, maar Eline gooide een paar munten in de beker van de man.

'Ik geef ze nooit geld,' zei ik.

Eline liet mijn hand los en keek me op zo'n rare manier aan dat ik me ongemakkelijk voelde.

'Jij hebt altijd een plek om te slapen en eten op tafel,' zei ze bitter.

'Het is toch hun eigen keuze om zo te leven, of niet?'

Eline keek me aan alsof ik gek was. 'Daan, ik denk dat je er niets van weet,' zei ze.

Het was al bijna tien uur en heel druk op straat. Van alle kanten kwamen auto's aan: er moest net een concert bij De Doelen of een voorstelling in een van de theaters afgelopen zijn. En de rij vanuit de garage onder Pathé was ook niet misselijk. We stonden te wachten, maar geen van de chauffeurs stopte om voetgangers te laten oversteken: ze haastten zich, want het verkeerslicht stond op groen.

'Nu,' riep Eline onverwachts en ze trok me tussen de rijdende auto's de straat over. De chauffeur van een grote Volvo die net wilde optrekken, ging op de rem staan, iemand in een grijze Corsa hief dreigend zijn hand, de vrouw achter het stuur van een rode auto drukte een paar keer op de claxon. Haar auto stopte amper een paar centimeter van mijn been.

'Zijn jullie gestoord of zo?' riep ze.

'Ja!' riep Eline vrolijk.

De vrouw opende haar mond, maar van verbazing wist ze niet wat ze moest zeggen.

Eline lachte uit volle borst, pakte mijn hand vast en kneep erin. 'Zag je haar gezicht? Geweldig!'

'Ja, geweldig,' zei ik. Ik lachte, want het was kicken, zo tussen die twee stromen auto's te rennen, maar tegelijk voelde het verschrikkelijk eng. Mijn hart klopte nog steeds zo hard alsof ik net tweehonderd meter had gesprint.

'We hadden wel aangereden kunnen worden,' zei ik.

'Nou en?' vroeg Eline en ze haalde haar schouders op. 'En nu snel, je moet toch op tijd thuis zijn?'

We renden naar het zebrapad, liepen door rood, stormden langs de bouwput over de tramrails en daarna de trap af, naar de metro. Ik hield mijn ov-chipkaart voor de lezer en liep door. Eline liep dicht achter mij aan. Ze hield me zelfs vast, zodat we samen door het poortje gingen.

'Ik ben mijn ov-chipkaart kwijt. Kijk, je hoeft maar drie minuten te wachten,' zei ze. Ze ging op het perron zitten en liet haar voeten boven de metrorails bungelen.

'Eline, wat doe je? Sta op!' riep ik bang.

Ze keek me met haar grote ogen aan en schudde heftig met haar hoofd. Haar blauwe haren vlogen alle kanten op. Een ondeugend lachje speelde om haar lippen.

'Het is toch gevaarlijk wat je doet!' zei ik.

'Hoezo?'

'Eline!' Ik bukte en probeerde haar omhoog te trekken. 'Je wilt toch niet dood?'

'Soms wel. Jij niet?'

Ik keek de tunnel in. In de verte waren de lichten van de metro al zichtbaar. Een paar passagiers stonden naar ons te kijken, maar niemand deed of zei iets, alsof ze naar een voorstelling keken en benieuwd waren naar de afloop.

'Eline!'

Ze zuchtte en zette haar voeten op het perron. Ik pakte haar hand vast en trok haar overeind.

'Alleen omdat je zo bang was...' zei ze en ze streelde mijn gezicht. 'Heb ik je laten schrikken?'

Ik knikte.

'Was je bang dat ik echt dood zou gaan?'

Ik knikte.

'Zou je niet zonder mij verder kunnen leven?'

Ik keek haar aan. Ik voelde met mijn hand aan haar haren. En ik zei niks.

De metro remde. De deuren gingen open.

'Naar huis jij,' zei Eline en ze duwde me de metro in. Toen ik al binnen stond, zwaaide ze naar me, gaf een paar handkusjes en maakte een wilde dans op het perron, dicht bij de vertrekkende metro. Iedereen keek hoe ze op haar gympen pirouettes maakte, hoe ze sprong en met haar handen boven haar hoofd bewoog.

'Gek,' zei een oudere man die naast mij stond. 'Jullie jongeren zijn hartstikke gek. Totaal onverantwoord.'

De metro reed de donkere tunnel in en ik zag haar niet meer. En toen moest ik zuchten.

Pas om halftwaalf kwam ik thuis, veel te laat voor een doordeweekse dag, vond Mieke.

Ze wachtte me op in de woonkamer. Ze had haar pyjama aan met daaroverheen de rode badjas. Ze gaapte steeds toen ze me een paar minuten lang herinnerde aan de thuisafspraken, de school en de 'noodzakelijke nachtelijke rust'.

'Leuke film?' vroeg ze toen ze uiteindelijk de trap op liep.

'Ja. Erg leuk.'

'Waarover?'

'Over een meisje. Ze is... anders. Ze doet rare dingen. Op de treinrails dansen en zo.'

'Nou, dat is zeker gek. Hopelijk draagt ze geen hakken, want als zo'n hak blijft steken...' Mieke gaapte. 'Welterusten. En geen tv meer aan.'

'Nee.'

Ik ging naar de keuken, pakte een fles cola uit de koelkast en dronk die leeg. Mijn ogen hield ik dicht en ik zag het beeld dat ik net voor Mieke had beschreven: van een meisje dat ergens in een bos op de treinrails danst. Ze heeft blauw haar. Ze loopt op de rails alsof het een evenwichtsbalk is. Ze heeft geen hakken aan, maar gympen, zwart-wit geblokt, zoals Eline vandaag. Er komt geen trein aan. Ze loopt gewoon door tot ze tussen de bomen verdwijnt. En ik samen met haar.

5

'Boe!' schreeuwde mijn broer recht in mijn oor. Ik schrok.

'En, hoe was je date gisteren?' vroeg hij. 'Eindelijk! Ik dacht al dat ik je aan een meisje zou moeten helpen, want zelf kun je er niks van.'

'Rot op.'

'Eh, jongens! Kunnen jullie nu nooit eens normaal tegen elkaar doen?' vroeg Mieke.

Bas lachte. 'Dat is toch heel normaal,' zei hij. 'Als we allebei de deur uit zijn, dan gaan we aardig tegen elkaar doen. Maar eerst moet Daan volwassen worden.'

Het liefst had ik hem een dreun gegeven.

Bas wachtte tot Mieke beneden was en toen vroeg hij: 'Nou, hoe is ze? Vertel. Kust ze lekker?'

'Er is geen ze. Laat me met rust.'

'Nooit ontkennen, broertje. Vertel gewoon de waarheid en niemand zal je geloven. Zo werkt het.' Hij porde me met zijn elleboog en sprong de trap af. Het waren, zoals altijd, precies drie sprongen. Drie keer vijf treden tegelijk.

Ik ging naar mijn kamer, trok mijn kleren aan en gooide boeken en schriften in mijn rugzak. Mijn mobieltje stak ik in mijn broekzak, maar eerst keek ik of er berichtjes waren. Het schermpje was leeg. Ik twijfelde een moment, koos haar nummer, toetste 'hoesti' en verstuurde het.

Ik ging naar school, zat in de les, kwam terug van school en nog steeds had ik geen bericht van Eline.

Pas aan het eind van de dag herinnerde ik me dat ze had gezegd dat ze geen beltegoed had. Zou ze nog geen nieuw hebben gekocht? Aan geldgebrek kon het niet liggen, want in Floor barstte haar portemonnee van de cash.

Ik besloot naar Vincent te gaan. Hij was blij me te zien: zijn vader was met collega's gaan stappen en zijn moeder zat samen met haar zus bij een zoete meidenfilm chocoladetaart te eten en te huilen. Een typische vrijdagavond bij Vincent dus.

We fietsten naar het tennispark, zoals we vaak deden. Niet om te tennissen, maar om naar meisjes in korte rokjes te kijken. Sjoerd had die plek gevonden: onze privécatwalk, zei hij. We hadden daar zelfs, net achter het hek rond de banen, onze bank. Ooit stond hij een paar honderd meter verderop, tussen de bomen, maar Sjoerd en ik hadden hem versleept en pal voor de vierde, middelste baan gezet.

Vincent en ik gingen zoals altijd op de leuning zitten.

Het schemerde nog niet echt, maar de verlichting was al aan. Drie banen waren leeg, vier bezet. We hadden geluk: op de baan voor ons speelden twee meiden, ongeveer van onze leeftijd. Witte sportschoenen, bruine armen en benen, en in rokjes die steeds omhoogvlogen: vroeger kon ik er uren naar kijken en aan niks anders denken, maar nu niet. Vroeger was blond mijn lievelingshaarkleur, nu blauw.

De meiden zagen ons. De ene giechelde, de andere haalde haar schouders op en ging rustig door met spelen.

Vincent zuchtte.

'Wat?' vroeg ik.

'Ik wil ook een vriendinnetje.'

Ik knikte. 'Dat snap ik.'

'Jij niet?'

'Wat niet?'

'Een vriendin?'

Bijna had ik gezegd dat ik er al een had, maar ik beet op mijn tong. Eline was mijn vriendin nog niet. We hadden nog niet gekust.

'Eh, is er wat?' vroeg Vincent.

'Nee, niks. Die met dat rode racket speelt beter.'

'Maar ze is minder mooi,' zei Vincent. Minder mooi – dat is echt iets voor Vincent – hij vindt geen enkel meisje lelijk.

'Ik hou meer van een beetje bruin. En donker haar,' voegde hij eraan toe, maar dat wist ik al lang. Hij valt op Chinese en andere Aziatische meisjes die een gekleurde huid hebben, donkere ogen en steil, zwart haar.

De meiden raapten de ballen van de grond, kusten elkaar op de wang, pakten hun tassen en gingen richting de kantine.

'Gaan we?' vroeg ik en ik sprong van de bank af.

'Naar jouw huis?' vroeg Vincent. 'Bij mij is het zo'n dooie boel...'

'Bij mij is het natuurlijk hartstikke spannend!' zei ik spottend. 'Stukje fietsen?'

Hij knikte.

We gingen net staan, toen we Sjoerd en Gido zagen aankomen lopen.

'Hoe is-tie?' vroeg Sjoerd. 'Hebben jullie hier misschien nog leuke meiden gezien?'

'Twee, ze zijn net klaar, dus straks komen ze hier langs,' zei Vincent.

'Wachten we op ze?' vroeg Sjoerd.

'Waarom?' vroeg ik. 'Ken je ze of zo?'

'Nog niet. Een mooie kans om dat te veranderen, vind je niet?' zei Sjoerd. Hij kan geen kans onbenut laten om een meisje te versieren. En ook geen kans om een meisje te dumpen. Hij verzamelt ze en heeft op zijn Hyves meer dan zevenhonderd meisjes staan met wie hij heeft gezoend. Tenminste, dat zegt hij. Ik geloof niet dat hij echt met alle zevenhonderd heeft gezoend, maar driehonderd kan makkelijk. Op één avondje in de disco kust hij met minstens vijf meisjes, zegt hij, dus het zouden er per jaar meer dan honderdvijftig kunnen zijn, dus binnen een paar jaar... Misschien liegt hij niet!

Met de fietsen aan de hand liepen we door het park. Twee vrouwen die hun hond uitlieten, liepen haastig weg toen ze ons zagen, en dat maakte Gido aan het lachen.

We waren al bijna aan het eind van het park, toen we de fietsbellen achter ons hoorden. De twee meisjes kwamen aanfietsen. Ze fluisterden met elkaar, maar toen ze dicht bij ons waren, stopten ze ermee. Het meisje met het blonde haar, dat Vincent 'minder mooi' vond, keek ons uitdagend aan, proestte minachtend toen Sjoerd zijn hand omhoogstak en naar haar zwaaide, en draaide verwaand haar hoofd van ons af.

Sjoerd zette zijn fiets dwars op het fietspad.

'Wat?' vroeg hij. 'Ben je te goed voor mij?'

Het meisje lachte, maar schrok toen Sjoerd het stuur van haar fiets probeerde vast te pakken. Ze reed met een grote bocht om ons heen. Pas toen ze al een heel eind bij ons vandaan was, draaide ze zich om en stak haar middelvinger omhoog.

'Trut!' schreeuwde Sjoerd.

'Wat is er met je?' vroeg ik.

Sjoerd haalde zijn schouders op. 'Heb genoeg van mijn kloteleven en van de klotemeiden,' zei hij.

'Als je zo tegen meiden gaat doen, dan krijg je nooit echte verkering,' zei ik.

'Verkering – alsof het belangrijk is! Bovendien, ik heb al met meer meisjes gekust dan jij ooit in je leven zult doen.'

Gido moest naar huis. Vincent en ik zijn naar Sjoerd gegaan. Hij heeft in de tuin een eigen schuur, waar we vaak achter zitten, want er is niemand die zich met ons bemoeit: vanuit het huis zijn we dan niet te zien en het pad achterom wordt door bijna niemand gebruikt.

We hebben de fietsen tegen het hek gezet. Sjoerd pakte uit de schuur een pakje sigaretten. Ik schudde mijn hoofd, maar Vincent wilde wel roken. Moest hij zelf weten.

'Dat was een leuke meid,' zei Sjoerd na een tijdje.

'Welke meid?' vroeg Vincent dommig.

'Die in het park. Die me uitlachte.'

'Net vond je haar nog een trut,' zei ik.

Sjoerd haalde zijn schouders op. 'Ik bedoelde er niks mee. Bovendien, meiden vinden het lekker als ze zo worden aangesproken, toch?'

'Geen idee,' zei Vincent. 'Ik snap nooit wat meisjes willen. Zelfs die zusjes van mij snap ik niet.'

Sjoerd knikte. 'Ik ook niet. Ik bedoel meiden. Want die zusjes van je, dat zijn nog geen meiden, maar kinderen.'

Toen keken ze mij aan. Het was weer zo'n moment waarop ik ze over Eline zou kunnen vertellen.

'Nou... Ik ook niet,' zei ik.

Toen ik de volgende dag uit school kwam, pakte ik een volle fles cola uit de koelkast en toen ik hem terugzette, was hij bijna leeg. Altijd als ik me ergens druk over maak, drink ik veel cola.

Ik miste Eline.

Ik ging naar mijn kamer, zette de muziek hard aan en klom op mijn bed. Mijn mobieltje hield ik in mijn hand, op trilstand. Ik lag en wachtte. Ik had huiswerk dat gemaakt moest worden en de volgende dag hadden we een so van biologie, maar dat kon me niet schelen.

Bas kwam binnen, en ik zag zijn mond bewegen, maar hoorde zijn woorden niet, zo hard stond de muziek.

Ik gebaarde dat ik hem niet verstond.

Hij zette de muziek zachter en vroeg: 'Wat is er met je?'

Had ik Eline een paar jaar daarvoor leren kennen, dan zou Bas waarschijnlijk de allereerste zijn geweest die het van mij zou horen. Jaren geleden wel, maar nu niet.

'Waarom zou ik het vertellen?' vroeg ik. 'Om weer te horen dat ik een peuter ben en een mama's kindje? Laat me met rust.'

Bas zette de muziek weer harder en ging weg.

Om zes uur – ik had toen nog steeds niets aan mijn huiswerk gedaan – kwamen Mieke en Herman thuis.

'Eten!' riepen ze.

Ik sprong van mijn bed en rende naar beneden, want alles is beter dan wachten op een bericht dat niet komt.

's Avonds laat wilde ik haar sms'en of bellen, maar ik bedacht dat ze misschien net naar bed was gegaan. Pas 's ochtends verstuurde ik mijn berichtje. 'Wanneer?'

Op school keek ik zo vaak of ze al een antwoord had gestuurd dat Stinkie, onze leraar wiskunde, mijn mobiel afpakte. Pas aan het eind van de dag kreeg ik hem terug. Er stond een envelopje op het scherm. Met trillende vingers opende ik het bericht en de moed zakte me in mijn schoenen. 'Geen tijd. Problemen. Wacht tot ik je bel.'

6

Lang hoefde ik niet te wachten.

De volgende ochtend stond ik samen met de jongens in een rij bij de warme bakker.

'Ik wil een kaasstengel. En een keizerbroodje. Een witte,' had ik net tegen Sjoerd gezegd, toen mijn mobiel ging.

Ik zag Elines naam en ging apart staan.

'Kan ik je nu zien? Ik kan geen uur langer zonder jou,' zei ze.

Ik dacht dat ik haar niet goed had begrepen. 'Wat zei je?' vroeg ik.

'Ik kan geen minuut langer zonder je,' herhaalde ze.

Als ik niet op straat had gestaan, tussen al die jongens en meisjes van mijn school, dan zou ik zijn gaan schreeuwen van geluk. Nu viel ik stil en kon ik geen woord zeggen.

'Waarom zeg je niks? Vind je één minuut lang?' vroeg ze. 'Goed dan, Daan, ik kan geen seconde zonder je. Kun je over een halfuur in het Kralingse Bos zijn? Bij het restaurant.'

Ik had tot vier uur les: scheikunde en daarna wiskunde. Geen vakken waar ik een hekel aan had. Maar wat konden de berekeningen en formules me schelen als ik bij Eline kon zijn?

Ik hing bij de conciërge een verhaaltje over hoofdpijn en hooikoorts op en toen mocht ik weg.

Ze lag op een bankje te zonnen, met haar hoofd op haar rugzak. Ze hoorde me aankomen en ze vermoedde dat ik het was, of misschien waren haar ogen niet helemaal dicht, want toen ik naast haar kwam staan, verscheen er een glimlach om haar lippen.

Ik bukte en kuste haar onhandig op haar wang.

Ze zuchtte, rekte zich uit en vroeg: 'Ben ik een goeie schone slaapster of niet?'

'De allerbeste. Ik heb je gemist, Eline. Wat voor problemen had je?'

Eline ging zitten en wuifde met haar hand. 'Niks bijzonders, hoor.'

'Ik wil je helpen als het kan. Ik wil iets voor je doen.'

'Ik moet veel werken en zo. En ik moet wat dingen oplossen. En vraag me niet wat, want ik heb geen zin om erover te praten. We zien elkaar niet vaak, dus verpest het niet. Wat wil je doen vandaag?' vroeg ze en ze streelde mijn hand.

Ik gebaarde dat ik het niet wist: ik kon niet helder denken als Eline bij mij was.

Zij ging in kleermakerszit tegenover mij zitten en keek me zo diep en zo lang in mijn ogen dat ik het er heet van kreeg en mijn hoofd begon te branden.

'Eline,' smeekte ik. 'Weet je wat je met me doet?'

Ze zei geen woord, maar ging dichterbij zitten, zodat de afstand tussen haar en mijn gezicht slechts een paar centimeter was. Toen snapte ik opeens wat het betekent: in iemands ogen verdrinken.

Ik voelde dat mijn gezicht richting haar gezicht bewoog. Nog een centimeter, misschien twee, en ik zou met mijn lippen de hare kunnen aanraken. Nog een halve centimeter.

Toen trok Eline zich terug, gooide haar hoofd in haar nek en lachte.

'Nee, serieus,' zei ze. Ze probeerde ernstig naar mij te kijken, maar ze kon het niet, ze moest steeds grinniken. 'Wat wil je doen?' vroeg ze en ze krabde heel zacht met haar nagel over mijn wang.

'Je kussen,' zei ik.

Eline zette haar voeten op de grond en trok aan mijn hand. 'Kom, ik laat je iets zien.'

'Wacht, mijn fiets!'

'O ja, natuurlijk!' riep ze en ze trok me de andere kant op, waar mijn fiets tegen een boom stond. Ze ging erop zitten en wees naar de bagagedrager.

'Schiet op!' riep ze en ze begon te trappen. Ik rende achter haar aan, sprong achterop en sloeg mijn armen om haar middel, en toen legde ze haar hand om mijn hand. 'Lieve Daan,' zei ze en ze begon te zingen. Het was de song die ik al kende uit Antwerpen, die met *your love for this all*'. En daarna een liedje dat ik van de tv kende: '*Well, maybe there's a god above, but all I've ever learned from love was how to shoot somebody who outdrew you.*'

Na een kwartier fietsen kwamen we bij een nieuwbouwwijk. PRIVÉ-EIGENDOM, stond er op een bord. En: NIET BETREDEN. En: GEVAARLIJKE HONDEN.

De bouw lag stil – er was niemand daar, alleen een magere, verdwaalde kat, die langs de verlaten twee-onder-een-kaphuizen rende. In de verte zag ik bomen en water, en ik dacht dat dat onze bestemming was, maar ik had het mis. Eline nam een smal, modderig pad langs het hek en stopte een paar honderd meter verder.

'Afstappen,' zei ze.

'Wat moeten we hier?' vroeg ik.

Eline pakte een sleutelbos uit de zak van haar jeans en stak een van de sleutels in het slot van de poort.

'Heb je hier een huisje gekocht?' grapte ik.

Eline reageerde niet.

'Werkt je vader hier?' probeerde ik weer.

'Zoiets. En hou nu je mond dicht.'

Ik keek rond. 'Er is toch niemand hier,' zei ik.

'Dat denk je maar, Daan. Stil, alsjeblieft,' fluisterde ze en ze wees naar rechts. 'Neem je fiets mee. De allerlaatste rij,' fluisterde ze en ze rende geluidloos door het kniehoge gras vooruit.

Fluitend liep ik achter haar aan, maar ze keek me boos aan en zei weer: 'Stil!'

Het was niet alleen de laatste rij, maar ook het laatste huis in de rij waar we stopten. De deuren en ramen zaten erin, alleen op de zolderverdieping waren de raamgaten dichtgetimmerd. Iemand was zelfs begonnen met de aanleg van de tuin, maar het huis zelf was leeg: grijze, ongeschilderde muren en een grijze betonvloer.

Eline maakte de deur open. 'Kom binnen. Neem je fiets mee.' Snel trok ze de deur achter me dicht en draaide de sleutel om. Toen schoof ze een paar grote vloertegels tegen de deur aan. 'Help me!' zei ze.

Ik tilde een tegel op en plaatste die op de andere. 'Zo goed?'

Eline knikte en schoof nog een tegel ertegenaan.

'Voor wie ben je bang? Het is hier toch uitgestorven!'

'Dat lijkt maar zo. Een metrotunnel lijkt ook onbewoond, maar je weet toch dat er mensen zijn die daar slapen? Zo'n huis als dit is toch veel beter, vind je niet?'

Ik keek haar aan en vroeg me af of ik haar goed had begrepen. Bedoelde ze dat er zich in die huizen daklozen verschuilden? Hoe wist ze dat?

Eline pakte mijn fiets vast en liep door de hal naar de deur ertegenover. Daar moet de garage zijn, dacht ik, en dat was ook zo. Eline zette de fiets binnen. 'Hier kan niemand hem zien,' legde ze uit.

Op haar tenen rende ze de trap op. Ik liep, ook stilletjes, naar boven, achter haar aan. Het voelde een beetje als toen ik klein was en op vakantie in een hotel of een pensioen met Bas verstoppertje speelde: alles onbekend, dus spannend. Alleen liep ik nu ik niet achter mijn broer aan, maar achter een meisje op wie ik verliefd was.

Eline trok de deur op de zolderverdieping open en we gingen naar binnen. Eerst kon ik weinig zien, want dat was de ruimte waarvan de ramen waren dichtgespijkerd en bovendien hing er een soort doek voor, maar toen Eline kaarsen had aangestoken, zag ik een matras, met zelfs een paar kussens en een deken, een klein, gammel koelkastje, een oud tv'tje en een paar grote Albert Heijn-tassen.

'Je woont hier toch niet?' vroeg ik geschrokken.

'Een beetje te afgelegen voor mij.'

'Hoe kom je aan de sleutel? Van wie is dit huis eigenlijk? En waarom moest ik stil zijn?'

Eline gebaarde dat ik op de matras moest gaan zitten. Ze knielde, pakte mijn gezicht in haar handen en zei: 'Daan, stop met die vragen. Vraag me niks. Nooit. Daar hou ik niet van. Als ik iets wil vertellen, zal ik het doen en anders niet, al stel je me duizend vragen. *Take it or leave it.*'

Ik lachte. Ik dacht dat ze een grapje maakte.

Eline lachte niet. Ze hield haar gezicht zo onbeweeglijk alsof het een masker was. 'Ik meen het,' zei ze heel langzaam. 'En probeer nooit uit te zoeken wie ik ben, waar ik woon en wat ik doe, want dan verpest je het voor ons beiden en zie je me nooit meer.'

Ze stond op en vroeg alsof er niets aan de hand was: 'Wil je iets drinken?' Ze trok de koelkastdeur open. 'Ik zie cola, cola light en een halve fles witte wijn.'

'Cola,' zei ik, ook al had ik geen dorst. Ik dacht nog steeds aan haar woorden. Haar nooit meer zien? Over mijn lijk!

Eline deed de tv aan en kwam naast mij zitten. Veel zenders hadden we niet en de ontvangst was slecht, maar na een tijdje zoeken kwamen we op RTL4. *The bold and the beautiful.*

'Is er niks anders?' vroeg ik, want ik heb een hekel aan soaps.

'Ik kijk het altijd als het kan, en dat gebeurt niet vaak,' zei Eline. Ze stapelde de kussens op elkaar en leunde ertegenaan. 'Een uurtje,' zei ze. 'Daarna mag jij zeggen wat we gaan doen.' Ze gebaarde dat ik naast haar moest komen zitten en trok me naar zich toe. Ik lag met mijn gezicht tegen haar gezicht aan, met mijn arm tegen haar arm, met mijn been tegen haar been. Nog nooit was ik zo dicht bij een meisje geweest. Het blikje cola had ik op de vloer gezet en verder durfde ik niet te bewegen, bang dat ze me misschien weg zou duwen. Maar Eline lette niet op mij, ze keek naar de tv en ik begon te denken dat ze me helemaal was vergeten, maar toen begon ze met mijn haar te spelen. Ik deed mijn ogen dicht. Haar vingers gleden langs mijn oren en ogen, pakten mijn haar en lieten het weer vallen. Soms verdwaalde haar vinger in mijn nek of op mijn lippen. En toen wilde ik dat die stomme soap nog uren zou duren.

Duisternis en een hand op mijn mond: zo werd ik wakker. Ik wist niet waar ik was. Ik wilde schoppen en slaan, maar toen fluisterde een stem in mijn oor: 'Stil!' Eline. Ik knikte en ze haalde haar hand weg. Toen hoorde ik het: boze jongensstemmen, stappen op het grint, geklop op de deur en de ramen, gerommel in het slot en geroep.

'Doe open, we weten dat je hier bent!' schreeuwde iemand. 'We hebben je gezien, teef!'

Eline trok aan mijn hand en fluisterde: 'Naar de eerste verdieping! Snel!'

Ik rende achter haar aan de trap af en een kamer in. Eline deed de deur achter ons niet helemaal dicht, maar bleef bij de kier luisteren. Er lagen dezelfde grote vloertegels als in de gang en ik wist al wat ik ermee moest doen: tegen de deur aan schuiven. Ik pakte al een tegel op, maar Eline gebaarde dat ik moest stoppen. 'Wacht nog even. Misschien komen ze toch niet binnen,' zei ze.

'Wie zijn dat?' vroeg ik.

'Rotjongens. Ik heb je niet voor niets gezegd dat je stil moest zijn. Deze huizen staan al bijna twee jaar leeg. Niet alleen ik vind het een geweldige schuilplaats.'

Toen werd ik bang. In mijn hoofd zag ik een bende naar boven stormen, recht op Eline en mij af. Ik zou moeten vechten. Ik haat vechten.

En dan was Eline er ook nog. Als die jongens, of mannen, naar binnen zouden komen, zou ik niet alleen mezelf moeten beschermen, maar ook Eline. Zeker Eline! Haar ogen waren wijd opengesperd en ze ademde heel snel. Ze was bang, waarschijnlijk veel banger dan ik. Meisjes hebben altijd veel meer om bang voor te zijn. Ik kon alleen geslagen worden. Of vermoord, al leek dat me onwaarschijnlijk. Maar zij...

De stemmen voor het huis werden steeds luider en heftiger. 'Open! Doe open, trut! We komen je halen!'

'Als ze komen, gooien we alle tegels tegen de deur,' fluisterde Eline. 'Daarna breken we het glas in twee of drie ramen en gaan we op het balkon staan schreeuwen.'

Ik knikte. 'Ja, goed, maar waarom moeten we het glas breken?'

'Daar gaat het niet om,' zei ze.

'Waar gaat het wel om?' vroeg ik.

Maar Eline antwoordde niet, want het lawaai klonk opeens zo hard dat we er beiden van schrokken. Onze belagers sloegen met hun handen tegen de ramen en schopten tegen de deur.

Eline hield haar hoofd met beide handen vast.

Van onmacht en van de zenuwen stopte ik mijn handen in de zakken van mijn broek. Toen lachte ik en liet Eline mijn mobieltje zien. 'We bellen gewoon de politie!' zei ik.

Eline knikte en zei sarcastisch: 'Natuurlijk, Daan!'

'Waarom niet? Ik wil liever dat politie me pakt voor een inbraak dan dat ik in de handen van die jongens val! En voor jou is het ook be...' Ik stopte midden in mijn zin, want ik zag op het schermpje dat ik niet kon bellen. Geen bereik.

Eline zuchtte. 'Snap je het nou?' vroeg ze. 'We zitten op een witte plek.' Een witte plek. Geen bereik. Ongelofelijk dat zulke plekken nog steeds bestaan.

Beneden klonk glasgerinkel.

Eline gilde van angst, sloeg de deur dicht en riep: 'Tegels, tegels!'

Iemand rende op de trap op. Meer dan één persoon. Minstens drie of vier moesten het er zijn.

Ik vloekte, schoof een tegel tegen de deur aan, legde een tweede erbovenop, pakte een derde en zei: 'Ik ga je beschermen, echt waar! Ik vecht voor je!'

Eline bukte en duwde een tegel tegen de deur aan. 'Ik hoop dat hij er is, ik hoop dat hij er is,' herhaalde ze snel. Mijn woorden had ze niet gehoord, dat wist ik zeker.

'Wie?' vroeg ik.

Eline antwoordde niet, maar trok de deur van het balkon open. Opeens begon ze te stralen. Ze klapte in haar handen en riep: 'Honden, honden!'

Ik dacht dat ze van angst gek was geworden, maar even later hoorde ik geblaf en geroep: 'Aanvallen, mijn kindjes, aanvallen!'

Was dat de stem van een bondgenoot of van een vijand, vroeg ik me af. Ik wist nog steeds niet waarom Eline zo blij was, nog minder toen iemand heel hard tegen de kamerdeur sloeg en riep: 'We pakken je nog, kreng! En zelfs Bruno zal je niet kunnen beschermen.' Er volgden nog twee zulke harde schoppen dat de tegels een centimeter of vijf verschoven, maar daarna hoorden we hoe ze, wie het ook mochten zijn, met grote sprongen naar beneden renden.

'Wegwezen hier! Wegwezen! Over het hek springen, anders pakken ze je!' riep iemand buiten.

Tumult, geroep, geblaf. Ik hoorde gefluit en gevloek. Iemand riep om hulp, een ander schreeuwde van de pijn. Eline ging op het balkon staan en zwaaide met beide handen hoog boven haar hoofd. 'Piet! Pietje!' riep ze. 'Ik wist dat je zou komen!'

Pietje? Ik dacht dat hij Bruno heette. Ik ging met mijn rug tegen een stuk muur tussen twee ramen staan – ik wilde niet dat die Piet me kon zien.

'Ja ja,' klonk van buiten. Dat was de stem die 'aanvallen' had geroepen. Waren de honden zijn kindjes? Ondanks al het lawaai buiten hoorde ik goed dat het de stem was van een oude man die te veel drinkt en rookt. Een versleten, krakende, zware stem. 'Ik ben net op tijd, zo te zien,' zei hij en hij hoestte. 'Ik denk dat ik de honden terug ga roepen, anders blijft er niks van die rotjongens over en dan krijg ik problemen met de politie.'

Hij floot. Het geblaf en gegrom verstomde onmiddellijk.

'Brave beesten,' zei Piet. Ik hoorde hem de honden klopjes geven. 'Braaf. Straks krijgen jullie iets lekkers. Zitten, kindjes. Braaf jullie, braaf.'

De man hoestte weer, spuugde en vroeg: 'En wat doe je hier? Ik dacht dat ik je pas volgende week zou zien. Dat was toch de afspraak?'

'Eh...' Ik hoorde aan Elines stem dat ze aarzelde. 'Ik ben hier met een jongen,' zei ze heel zacht.

'Een jongen? Hoezo een jongen?! Ik heb je toch gezegd dat ik hier geen...'

'Nee, nee! Niet zo! Je snapt het niet. Daan, kom eens hier!'

Ik kwam naast haar op het balkon staan en keek naar beneden. In de voortuin stond een man met lange, grijs haar en een lange, grijze baard, met naast hem zes grote honden: twee zwarte Duitse herders en vier andere die eruitzagen als een kruising tussen een rottweiler en een draak uit *Harry Potter*. Ze leken op de man: allemaal net zo lelijk en net zo boos. Toen hij me zag, fronste hij zijn voorhoofd en schudde heftig met zijn wilde haren.

'Eline, Eline!' riep hij. 'Jij met je...' Hij kneep zijn ogen tot spleetjes alsof hij beter wilde zien en veranderde van toon. 'Maar het is nog een kind! En ik dacht dat je weer... Kijk nou toch. Een kind! Hoe oud is die pup van je? Twaalf?'

'Veertien!' riep ik. 'En geen pup!'

De man lachte lang en hartelijk. 'Veertien, zegt-ie! Weet je wat je bent, kereltje? Een kuiken! Net uit het ei! Nat achter je oren en met een blos op je wangen. Komen jullie naar beneden, ik ga een eitje voor jullie bakken en daarna de politie bellen.'

'Politie?' vroeg ik aan Eline toen we de balkondeur dichtmaakten en de tegels verplaatsten. 'Waarom wil hij de politie bellen? We hebben toch niks gedaan? Moeten we dan getuigen of zo? Daar kom alleen gedonder van.'

Eline streelde me over mijn wang en zei geruststellend: 'Maak je geen zorgen. Het gaat niet om ons. Hij moet de politie bellen voor de verzekering. Aangifte doen. Van die ramen die ze beneden kapot hebben gemaakt, snap je? Die honden zijn zo afgericht dat ze op het geluid van brekend glas afkomen.'

'O, ja, dus daarom...' zei ik en ik besefte dat mijn stem nog steeds een beetje trilde van angst.

'Ja, daarom. Als Pietje erbij is, zijn ze heel lief. Je kunt ze zelfs aaien. Maar je moet hier nooit zonder mij komen, want als ze je pakken, dan slaap je de volgende nachten in een ziekenhuis en heb je voor de rest van je leven littekens op je kuiten en je billen. Kom, we gaan.'

Op de trap zag ik een paar peuken liggen, in de gang beneden een lege bierfles met een kapotte hals. Ze wilden die fles als wapen gebruiken, flitste het door mijn hoofd.

Ik slaakte een zucht van opluchting.

De man ging echt een eitje voor ons bakken. Twee per persoon zelfs. In zijn keet in de andere hoek van het bouwterrein had hij een kamer met een keukentje. Er zaten tralies voor de ramen en tien sloten op de deur. De honden sprongen direct op het bed, dat bedekt was met hondenharen – het was duidelijk dat het hun plek was en ik vroeg me af waar de man sliep. Het gasfornuis was vies, de koekenpan oud en gedeukt, het stonk er naar dode beesten en vuile kleren, mijn vork miste een tand, het bord was bekrast en mijn mes zat onder de roestplekken, maar de eitjes waren heerlijk. Of misschien had ik zo'n honger en was ik tegelijk zo opgelucht dat ik niet in staat was om te proeven hoe goed of hoe slecht het eten was.

'Dat brood heb ik zelf gebakken,' zei Pietje trots. 'In mijn buitenoven.' Hij wees naar buiten.

Ik keek, maar zag alleen een paar struiken en een berg zand. 'O ja,' zei ik en ik knikte, want ik wilde de man niet teleurstellen, maar hij lachte me hard uit.

'Niks "o ja", snotneus! Mijn oventje kun je vanaf hier niet zien, want het is verstopt.'

Eline luisterde niet naar ons. Haar bord was al zo goed als leeg, maar toch schoof ze de allerlaatste piepkleine stukjes ei met een stuk brood in haar mond. Toen vroeg ze: 'Gaan we?' Ze stond op, kuste Piet op zijn vieze voorhoofd en liep de deur uit. 'Mag ik een van de fietsen lenen?' vroeg ze toen ze al buiten stond.

Pietje knikte. 'Ja, neem maar mee. Er staan er vier nu – gisteren heb ik er nog een in de struiken achter het hek gevonden.'

Eline verdween achter de keet en kwam al snel terug met een oude, rammelende fiets. Ze gebaarde dat ik met haar mee moest.

'Zal ik misschien iets betalen voor het eten?' vroeg ik.

Piet keek me boos aan. 'Je beledigt me, knul. Wil je dat ik de honden ophits? Ze lusten je rauw! Wegwezen, jij!'

'Wanneer zie ik je weer?' vroeg ik toen we buiten het hek stonden.

'Weet ik niet,' zei Eline. 'Ik moet werken. En dan school nog. Ik bel je.'

'Beloofd?'

'Ja, Daan, beloofd,' zei ze en ze streelde mijn gezicht.

Langzaam deed ik mijn ogen dicht en wachtte op meer, maar toen stopte ze opeens. 'Anders word je nog verliefd,' zei ze.

'Eline, wie is Bruno?' vroeg ik.

Ze fronste haar voorhoofd. 'Wie?' vroeg ze.

'Bruno. Die jongens zeiden dat zelfs Bruno je niet zou kunnen beschermen.'

'Bruno... Is dat niet de naam van een van de honden van Pietje?' Eline kwam dichterbij mij en kuste me. 'Is het belangrijk?'

Ik schudde heftig met mijn hoofd. Nee, wie die Bruno was, kon me niet schelen. Die kus, dat was belangrijk.

Eline stapte op haar fiets, zwaaide en reed weg.

'Welke kant ga je op?' riep ik.

'De andere dan jij.'

'Dan zijn we door de Maas gescheiden.'

'En door een heleboel andere dingen,' riep ze terug en ze fietste heel snel weg.

Mieke, Herman en Bas waren al klaar met eten toen ik thuiskwam. Ze zaten met z'n drieën op de bank tv te kijken.

'Sorry,' zei ik. 'Ik was verdwaald.'

'Alweer?' vroeg Mieke. 'Is het een ziekte of zo met dat verdwalen? En had je je mobiel weer niet mee?'

'Ik was met de jongens aan het fietsen. Met Vincent en met Sjoerd,' zei ik. 'En opeens had ik geen bereik. Ik heb je sms'jes gekregen toen ik hier vlakbij was, dus het had geen zin om een antwoord te sturen.'

Dat was niet waar. Ik loog. Al toen we net buiten het bouwterrein stonden, had ik de piepjes gehoord en ik wist dat het Mieke of Herman was. Het was al na zessen en ik had niet gezegd dat ik zo laat terug zou komen.

'Ja, natuurlijk,' zei Mieke. 'Geen bereik. Zo'n domme smoes had ik niet van je verwacht.'

'Echt waar!' riep ik. 'Waarom geloof je me niet?'

Mijn verontwaardiging kwam geloofwaardig over: ik zag aan Miekes gezicht dat ze twijfelde.

'Ik weet het niet, Daan,' zei ze. 'Geen bereik hier in de Randstad...'

'Het kan, hoor! Ik heb er soms ook last van,' zei Bas.

'O,' zei Mieke. 'Het spijt me dan. Sinds Antwerpen ben ik misschien overbezorgd. Je eten staat in de keuken. Warm je het zelf op?'

Mieke en Herman sliepen al en ik lag op mijn bed wiskunde te doen, toen Bas mijn kamer in kwam.

'Je liegt,' zei hij en hij maakte een beweging alsof hij me wilde slaan.

'Rot op!'

'Hou je bek. Sjoerd en Paul hebben gebeld. Sjoerd vroeg of je morgen naar school zou komen, want die hoofdpijn van je leek vandaag heel erg. Dus ja, misschien was je wel aan het fietsen, maar niet met hen. Ze moet heel erg bijzonder zijn,' zei hij en hij grinnikte.

Ik wist niet wat ik moest zeggen, maar wat mijn antwoord ook zou zijn, het was onbelangrijk voor Bas. Hij deed de deur achter zich dicht.

7

Misschien kwam het door het feit dat het de laatste weken voor de vakantie waren of misschien kwam het door Eline, maar ik had helemaal geen zin in school. Het liefst zou ik elke ochtend in mijn bed blijven liggen, dromend over blauw haar en over zachte meisjeshanden op mijn ogen.

Die dag verstopte ik me met mijn kop onder het dekbed en hoopte dat ik nog een uurtje of zo zou kunnen slapen, maar om zeven uur stormde Mieke mijn kamer in.

'Heb je vandaag geen lessen?' vroeg ze en ze trok mijn kussen onder mijn hoofd vandaan.

Met Mieke ruzie over school maken heeft geen zin, dus ik klom uit mijn bed en sleepte me naar de badkamer.

'Je hebt bijna vakantie,' zei Mieke. 'Hou vol, ja?'

Ik stapte onder de douche en ik weet zeker dat ik nog een paar minuten staand onder de warme waterstraal heb geslapen. Ik schrok wakker toen Mieke op de deur klopte en zei: 'Daan, naar school zeg ik je!'

Een kwartier later stond ik buiten, en toen ik op mijn fiets stapte, vond ik het feit dat ik niet uit kon slapen niet meer zo erg. Het was lekker warm – ik zou zweren dat het naar vakantie rook. En naar school gaan vond ik opeens ook best goed: het eerste uur wiskunde en daarna twee uur gym: geen slecht begin.

Ik stak de kruising over, toen ik iemand hoorde roepen.

'Daan, Daantje!'

Ik remde. Ik hoefde niet over mijn schouder te kijken, want ik herkende die stem, maar toch kon ik het niet geloven. Eline.

Ik had haar sinds die keer in de nieuwbouwwijk niet meer gezien – al ruim twee weken dus.

Verschrikkelijk had ik me gevoeld: de eerste week kon ik niets, en leren al helemaal niet. Ik wilde weer naast Eline liggen, met mijn hand op haar buik en haar hand op mijn hoofd. Ik voelde me ellendig. Ik had niet eens een bewijs van haar bestaan. Het leek soms alsof ik haar verzonnen had.

En nu stond ze gewoon met haar fiets aan de overkant van de straat en ik dacht dat ik droomde. Haar benen waren bruin, de korte, geruite broek stond haar stoer, het T-shirt zat strak om haar borsten en ik voelde me zo verliefd dat ik er lamlendig van werd.

Ze glimlachte, zwaaide en fietste naar mij toe. Haar fiets – een bruine, oude herenfiets – rammelde aan alle kanten, zat onder de roestplekken en zag eruit alsof hij elk moment uit elkaar kon vallen.

'Wat doe je hier?' vroeg ik.

'Ben je niet blij?' Ze kuste me heel zacht op mijn lippen.

Ik sloot mijn ogen en wilde haar ook kussen, maar ik durfde het niet – Mieke ging nu ook de deur uit, dus ze kon elk moment langsrijden.

'Eline, hoe kun je het denken? Ik... Je weet dat ik je heb gemist.' Ik kon nog steeds niet geloven dat ze voor me stond: alsof ik een allermooist cadeautje kreeg, en ik was niet eens jarig!

Eline liet haar fiets vallen en pakte me bij mijn nek. 'Ik sta hier al sinds zeven uur,' zei ze en ze trok een verdrietig gezicht. 'Niet lief van je!'

'Hoezo?' Ik begreep nog niet wat ze bedoelde.

'Ach, Daan, ik wacht hier op jou! Wat dacht je anders?' Ze ging zo dicht bij me staan dat ik haar hele lichaam tegen het mijne voelde. Ik voelde dat ik rood werd en om het haar niet te laten zien sloeg ik mijn armen om haar heen en drukte haar nog dichter tegen me aan. Tegelijk keek ik naar de deur van ons huis: als niemand me maar zou zien!

'Wachtte je op mij? Waarom dan? Kon je me niet bellen?' fluisterde ik in haar oor.

Eline schudde met haar hoofd en haar blauwe haar vloog tegen mijn wang aan. 'Mijn beltegoed is weer op en ik heb even geen geld om een nieuwe kaart te kopen.'

'O,' zei ik. 'Dat is...'

'Ja, klote,' onderbrak ze me. 'Ik moet aan geld zien te komen, want mijn salaris krijg ik pas over twee weken.'

'Kun je het niet aan je ouders vragen?'

Ze gaf geen antwoord, maar vroeg: 'Je moet zeker naar school?'

Ik keek op mijn horloge. Het was al vijf voor acht. 'Ja,' zei ik. 'En ik moet opschieten. Ik heb een toets van Duits en als ik te laat kom, dan mag ik niet meedoen, en ik sta er al niet goed voor.'

'Hoe laat ben je uit?' vroeg Eline en ze streelde mijn wang en mijn nek met de topjes van haar vingers.

Ik rilde. 'Om twaalf uur,' zei ik met een stem die niet van mij was en ik keek weer naar onze voordeur, want ik dacht dat hij openging.

Eline keek ook. Daarna knikte ze en stapte op haar fiets. 'Kom op, we gaan. Ik heb geen zin in een ruzie met je pa en ma. Je woont wel heel mooi! Zijn je ouders rijk?'

'Ja, ontzettend,' grapte ik. 'Maar hoe kwam je aan mijn adres?'

'Ik stalk je,' zei ze.

Ik lachte, maar Eline lachte niet.

'Nee, serieus,' zei ik.

'Heel serieus,' zei ze. Ze keek me recht in de ogen en ik geloofde haar bijna, maar op dat moment remde ze en kuste ze het puntje van mijn neus. '*Crazy* Daan.'

Ze fietste door en ik fietste mee, links van haar, trots als een pauw dat ik haar naast me had.

'Wanneer zie ik je weer?' vroeg ik.

'Na school.'

'Zie ik je na school?!'

'Ja, wat dacht je dan? Ik wacht op je.'

'Heb jij vandaag geen lessen?'

'Nee,' zei ze. 'Sportdag, maar daar doe ik niet aan mee.'

Ze bracht me tot het hek, zwaaide wild en fietste door. 'Tot later!' riep ze.

Ik kwam bijna te laat: Oswald deelde de opgaven al uit.

'Je hebt geluk vandaag,' zei hij. 'Nog één minuut en je zou rotzooi moeten gaan opruimen.' Wie zonder een goed excuus te laat is voor een toets, moet het plein schoonmaken.

'Sorry,' zei ik en ik ging naast Vincent zitten.

Ik ben geen ster in Duits. Ik las de toets door, maar ik snapte er niet veel van. Ik kon me moeilijk concentreren: ik was net op school, maar wilde dat het al twaalf uur was.

Vincent staarde uit het raam.

'Eh, wakker worden,' zei ik en ik gaf hem een por in zijn zij, maar het leek alsof hij het niet eens voelde. Ik wilde hem al een klap op zijn kop geven, maar toen mompelde hij iets.

'Wat?' vroeg ik.

'Blauw haar,' zei hij. 'Vreemd, maar gaaf.'

Voor ik het wist, stond ik rechtop en keek naar buiten.

Oswald kwam aanrennen. 'Wat is er?' vroeg hij en hij keek ook naar buiten. 'Nou, zeg... Wat bizar. Is blond tegenwoordig niet meer in de mode?'

Binnen een seconde stond de hele klas naast ons.

'Ja. Te gek. Blauw haar,' zei Marco.

'Tof,' zei Sjoerd. 'Als ze daar in de pauze nog zit, dan ga ik naar haar toe.'

'Naar je plaats allemaal,' riep Oswald. 'Het cijfer van vandaag bepaalt voor de helft het cijfer van dit kwartaal.'

Ik kon er niets aan doen dat ik me niet kon concentreren: Eline lag op de bank, met een tas onder haar hoofd. Ze leek te slapen.

Het zou een onvoldoende worden, dat wist ik zeker.

Toen ik om twaalf uur naar buiten ging, stond Eline met haar en mijn fiets aan de hand op me te wachten.

Tientallen of misschien zelfs honderden ogen volgden mij toen ik naar haar toe liep. Ze spraken over Eline en mij: bij elke stap hoorde ik mijn naam vallen en het woord 'blauw'. Blauw, blauw, blauw. Ze hadden gelijk: voor mij was alles blauw.

Eline liet de fietsen vallen, rende naar mij toe en sprong in mijn armen. Ik wankelde, maar was betoverd. Ik was gelukkig. En vooral trots. Ik pakte haar vast en trok haar tegen me aan.

Er werd gefloten en geschreeuwd: 'Go, Daan, go!'

Eline zoende me: heel lang en met de tong. Ik had nog nooit zo gekust en voor ik had besloten wat ik met mijn tong moest doen, was het al afgelopen en stond Eline weer op de grond. Ze wees naar de fietsen en vroeg, alsof er niets was gebeurd: 'Gaan we?'

'Hoe heb je het slot opengemaakt?' vroeg ik met moeite, want het was alsof door die kus alle cellen van mijn lichaam gek werden: alles in mij trilde en rilde en bewoog.

Eline gebaarde dat het onbelangrijk was. 'Gaan we?' herhaalde ze. 'Ik denk dat we hier al genoeg ophef hebben veroorzaakt.'

Ze had gelijk: iedereen staarde ons nog steeds aan. Echt iedereen. Heel gek. Alsof we op een toneel stonden. Geweldig. Het bloed stroomde sneller door mijn lijf en ik voelde me zo bijzonder alsof ik een belangrijke wedstrijd had gewonnen. Eindelijk was ik iemand. Geen onbelangrijke jongen uit 3E meer, maar iemand naar wie zelfs de zesdeklassers keken. Mijn *moment of fame*. Het voelde zo bizar dat ik moest lachen.

Toen Eline en ik wegfietsten, zag ik Sjoerd, Vincent en Paul naar ons kijken. Toen ik een moment later bij het hek over mijn schouder keek, waren ze al weg.

Shit! Waarom had ik Sjoerd en Vincent nooit over Eline verteld? Het voelde nu als verraad.

We fietsten naar het centrum en kochten bij de Mac hamburgers en cola. Ik betaalde, tenslotte wist ik dat ze blut was. De laatste stukken brood gooide Eline naar de duiven.

Ze deed anders nu: ze raakte me niet aan, ze lachte niet en wilde niet praten. Als ik iets vroeg, dan schudde ze haar hoofd en zei dat ik toch niks voor haar kon doen.

'Dat weet je niet,' zei ik.

'Ik moet bellen,' zei ze. 'Maar ik heb geen beltegoed.'

'Bel dan met mijn telefoon.'

'Nee, dat kan niet. Hij neemt nooit een gesprek aan van een nummer dat hij niet kent.'

'Wie?'

'Mijn vader.' Ze draaide haar hoofd van mij af en ik zag dat ze met haar hand over haar wang wreef, alsof ze de tranen wilde wegvegen.

Ik trok mijn portemonnee uit mijn rugzak.

'Eline,' zei ik en ik raakte heel zacht haar rug aan. 'Hier, pak aan,' zei ik en ik stak mijn hand naar haar toe. 'Neem maar.'

Ze keek over haar schouder. 'O, maar ik... Ik weet niet...' zei ze onzeker, maar ik zag dat haar gezicht ontspande. Het kostte me slechts twintig euro om haar gelukkig te maken.

Eline pakte de briefjes uit mijn handen. 'Bedankt, lieve Daan. Ik zal het je de volgende keer teruggeven. Bedankt.'

Ze stopte het geld in de zak van haar broek. Ik wilde haar vragen of ze naar de bios wilde, maar haar telefoon ging.

Ze keek op het schermpje en ze nam op met: 'Ja?'

Ze luisterde en knikte. 'Ja. Ik heb het. En dat ook. Hoeveel? Dat heb ik niet bij me, maar ik kan het zo regelen. Tot zo.'

Ze kuste me op mijn wang en zei: 'Sorry, Daan. Ik moet weg. Werk.'

Ze liep in de richting van haar fiets, maar toen draaide ze zich om en kwam weer naast mij zitten. Ze pakte mijn handen vast, keek me recht in mijn ogen en zei: 'Daan, ik moet je iets vragen.'

'Ja?'

'Vertel niemand dat we iets met elkaar hebben, goed? Zelfs aan je vrienden niet.'

'Maar...'

Eline schudde met haar hoofd. 'Dat is beter. Echt waar. Het was heel dom van mij dat ik vandaag voor je school zat. Als sommige mensen het zouden weten, zou je in de problemen kunnen komen. En ik nog meer. Ik leg het je een andere keer uit.'

'Maar de jongens... op school... Wat moet ik dan zeggen?'

'Dat ik een gek buurmeisje ben. Ergens is dat nog waar ook.'

Ze pakte haar fiets en reed weg. Het was zo snel gegaan dat ik geen tijd had om haar te vragen wanneer ik haar weer zou zien.

8

Ik sliep nog toen de telefoon ging. Op de tast pakte ik mijn mobiel onder mijn kussen vandaan en met gesloten ogen nam ik op.

'Met Daan.'

'Wat doe je vandaag?' vroeg iemand heel zacht.

Eline.

'Vandaag...' Helemaal wakker was ik nog niet. 'O ja, dinsdag,' herinnerde ik me. 'Ik heb niets. Ik moet alleen om twee uur op school zijn om mijn boeken in te leveren. Waarom?'

'Ben je alleen?'

'Nog niet, mijn ouders zijn thuis, maar rond kwart voor acht gaan ze naar hun werk.'

'Ik kom zo,' zei ze en ze verbrak de verbinding.

Ik zat op mijn bed, keek naar mijn mobieltje en wist niet of ik had gedroomd of dat ik het misschien toch echt meemaakte: Eline zou zo komen. Maar wat was 'zo'? Hopelijk niet direct – Mieke zou vast niet naar haar werk gaan als Eline binnen was.

Het liefst zou ik uit mijn bed springen, douchen, mijn kamer opruimen en ontbijt voor mezelf en voor Eline maken. Ze had vast nog niet gegeten. Maar ik bleef in bed: Mieke zou het verdacht vinden als ik niet zou uitslapen.

Ik hoorde haar en Herman beneden praten en door de keuken en de woonkamer lopen. Ik hoorde hen naar de wc gaan, de trap op en af lopen en de radio aanzetten, alsof ze helemaal niet naar kantoor gingen, maar gezellig de hele ochtend thuis zouden blijven. Alsof ze expres zo langzaam deden.

Eindelijk waren ze weg. Ik wachtte nog tot ik de auto weg zag rijden en begon toen de kleren die op de vloer lagen op te ruimen. Ik had ze net in de wasmachine gegooid, toen de bel ging. Ik rende naar beneden en pas toen ik de deur opentrok, besefte ik dat ik in mijn boxershort stond.

Eline zag het niet. Met een lijkbleek, gespannen gezicht wandelde ze het huis in. Ze had donkere kringen onder haar ogen, haar haar hing slap en haar kleren zagen er verfomfaaid en onfris uit.

'Ik ben zo moe,' zei ze. Haar lippen trilden, haar ogen vielen steeds dicht. De tas en de rugzak die ze om haar schouder had, gleden langs haar arm naar beneden en vielen met een zachte plof op de vloer, maar ze merkte het niet. 'Ik dacht al dat die ouders van jou nooit naar buiten zouden komen. Ik heb meer dan een uur staan wachten. Waar is jouw bed?' vroeg ze.

Ik wees naar de trap. Eline knikte en liep langzaam naar boven.

In mijn kamer trok ze haar trui en broek uit en slechts gehuld in haar onderbroek en een t-shirt hees ze zichzelf omhoog, trok het dekbed tot aan haar kin en omarmde mijn kussen. 'Eerst een uurtje slapen,' fluisterde ze. Haar ogen vielen dicht. Haar gezicht werd zacht, alsof ze een masker had afgedaan. Haar adem werd heel rustig. Ze sliep.

Ik kleedde me aan en daarna zat ik ruim anderhalf uur naar haar te kijken. Ik ben op het bed geklommen, ging op de rand zitten, streelde zacht haar lichaam onder het dekbed en haar arm die erop lag. Ze had een paar blauwe plekken: ik raakte ze heel zacht aan en vroeg me af of ze nog pijn deden. En ik kuste haar een paar keer – op haar hoofd en op haar arm, maar toen bewoog ze en mompelde iets onduidelijks, en daarna durfde ik niet meer.

Zo plotseling als Eline in slaap viel, zo plotseling werd ze wakker. Met haar ogen nog dicht ging ze zitten. Ze rekte zich uit, gaapte luid, wreef over haar gezicht en vroeg: 'Wat eten we vandaag?'

Ik sprong op de vloer. 'Wat wil je?'

'Ik wil in bad. En daarna eten.'

Ze gooide het dekbed van zich af en trok haar t-shirt uit. Ze had een zwarte bh met roze stipjes en een roze strikje aan. Haar onderbroek was ook zwart.

'Eh, genoeg gezien?' vroeg ze. Ze gooide haar t-shirt in mijn gezicht en liet zich op de vloer zakken.

Ik hield haar t-shirt in mijn handen en wilde dat het liefst niet teruggeven, maar ze trok het lachend uit mijn handen. 'Geef terug, gek!'

Nu ze voor me stond, zag ik een grote donkerblauwe plek op haar schouder. En ook op haar bovenbeen.

Ze zag dat ik ernaar keek. Ze wreef over haar been, haalde haar schouders op en lachte. 'Niks bijzonders, hoor! Ik ben van mijn fiets gevallen en tegen een bank geknald.'

'Doet het pijn?'

'Niet meer. Wil je een eitje voor me koken? En ik heb zo'n zin in koffie verkeerd. Heb je melk?'

Ik knikte. 'Ik verzin wel iets,' zei ik en ik wist al wat ik zou maken: een luxe ontbijtbuffet, zoals we altijd in een hotel hadden, met alle soorten beleg, eieren én gebakken spek én koekjes én chocolade én fruit.

Eline keek rond. Daarna liet ze zich op haar knieën vallen,

keek onder mijn bed, mijn bureau en mijn stoel en vroeg: 'Waar is mijn rugzak?' Ze keek paniekerig rond.

'Beneden.'

'Heb je erin gekeken?' Ze klonk vijandig.

'Natuurlijk niet! Ik ben toch al die tijd bij jou geweest?'

'Sorry, Daan. Ik... ik heb hier iets wat... Als ik het kwijtraak dan... dan...'

Ze maakte haar zin niet af, maar wuifde met haar hand alsof het onbelangrijk was, en ging naar beneden haar spullen pakken.

Ik was alweer afgeleid: ze was bijna bloot en zo mooi.

Ze zag me staren en glimlachte. Met haar tas en haar rugzak rende ze de trap op en wees naar een deur. 'Hier zeker, niet waar?' vroeg ze.

Ik zou naar haar gezicht moeten kijken, maar dat kon ik niet. Mijn ogen bleven bij haar borsten hangen. 'Daar is het washok,' zei ik. 'Deur links, dat is de badkamer.'

'Geef me twintig minuten,' zei ze en ze sloot de deur achter zich. Ik slikte en besloot om snel naar de keuken te gaan, want anders zou ik bij de trap blijven staan en me verbeelden hoe Eline daar in de badkamer bloot onder de douche stond.

Met nat haar kwam ze beneden. Ze rook naar shampoo en naar Miekes parfum. 'Ik heb jullie spullen gebruikt. Dat vind je toch niet erg?' vroeg ze. 'Ik heb niet eens een deo bij me.'

Ze zei niks over mijn uitgestalde ontbijt, maar ze maakte een lang, lief geluid, zoiets als 'mmmhhmmmm'. Dat vond ik ook goed. Ze had nog meer honger dan ik en we bleven heel lang aan tafel zitten, en daarna keken we tv.

'Lekker,' zei Eline toen ze languit op de bank lag. 'Je hebt hier geen slecht leven. Ik wou dat ik ook een huis had,' zei ze en ze keek de kamer rond.

'Heb jij dat dan niet?'

'Jawel, natuurlijk wel. Let maar niet op mij. Ik heb vannacht niet goed geslapen. Ik heb ruzie.'

'Ruzie? Met je vader? Of met je moeder?'

Ze wierp me een boze blik toe.

'Ja, dat ook,' zei ze. 'Hij wil alles over mij beslissen, je kent het wel, toch?' vroeg ze en ze keek me zo nadrukkelijk aan dat ik het niet kon ontkennen.

'Ja,' zei ik. 'Natuurlijk.' Het was niet waar, ik heb bijna nooit ruzie met mijn ouders, en met Herman al zeker niet.

'Eline,' zei ik. 'Waar heb je geslapen? Toch niet buiten?'

'Nee, natuurlijk niet! En zelfs als het zo zou zijn, wat dan nog? Het was best warm.'

'Eline!'

'Wát?' vroeg ze geïrriteerd.

'Heb je dan geen familie of zo? Of vriendinnen?'

'Ik heb niet zo veel met meisjes. En bovendien: al die vriendinnen hebben natuurlijk ook ouders. Ik ben niet zo gek op ouders. Op mensen in het algemeen niet.'

Ik was verbijsterd.

'Maak je geen zorgen, het komt allemaal goed,' zei ze, terwijl ze me naar zich toe trok. 'Ruzie met je ouders, dat is toch doodnormaal?'

Toen kroop ze op mijn schoot, legde haar hoofd tegen mijn borst en haar handen op mijn wangen en kuste me heel zacht. 'Je bent zó zó zó lief lief lief dat ik bijna van je hou.' En toen kuste ze me, vol op mijn mond. En met de tong.

Ik voelde me dronken, de uren daarna. Ze hield van mij. Dat woordje 'bijna', dat was onbelangrijk. Ze hield van me.

Toen ik om kwart voor twee naar school fietste, reed ik meters achter elkaar op mijn achterwiel, met het stuur hoog in de lucht. Ik rende de trap op met vijf treden tegelijk, twee naar beneden en weer vijf omhoog. In het klaslokaal zette ik de stoel op de tafel en ging daar als een koning op zitten. Ik stampte met mijn voeten, klapte in mijn handen en riep dat ik vandaag alles kon en mocht, want ik was net koning geworden, en dat ze allemaal naar mij moesten luisteren. Paul gebaarde dat ik gek was en zei dat ik langer op mijn troon zou moeten wachten dan prins Charles, en iedereen knikte en riep dat hij gelijk had en dat ik een malloot en een debiel was, maar mij kon het niet schelen: ik was gelukkig. Ze hield van me. 'Bijna' is toch zo goed als 'wel'?

'Wat is er gebeurd? Hebben je ouders een miljoen gewonnen of zo?' vroeg Vincent toen ik weer gewoon op de vloer stond.

Ik schudde mijn hoofd.

'Dus?'

'Ik vertel het je ooit,' zei ik, want ik geloofde dat het ooit anders zou zijn. Dat ik ooit de hele wereld over Eline zou mogen vertellen, te beginnen met Mieke.

'Waarom niet vandaag?' vroeg Vincent.

'Omdat het niet kan.'

Vincent liet zijn hoofd hangen.

'Doe niet zo zielig!' zei ik en ik gaf hem een mep om zijn oor. 'Jij zult de eerste zijn aan wie ik het vertel, goed?'

Hij knikte en gaf me een por in mijn zij, maar het voelde meer als kietelen. 'Als je het maar niet vergeet.'

'Geen kans,' zei ik. 'Dit vergeet ik nooit.'

Toen Oswald binnenkwam en over de eindcijfers begon te praten, stopte ik met luisteren – ik wist toch al dat ik overging. In mijn hoofd herhaalde ik alle woorden die Eline die dag tegen mij had gezegd. Ik dagdroomde. Ik telde de uren tot ik haar weer zou zien.

Een paar dagen later stond ze weer voor de deur. Ze moest komen, zei ze. Ze vond ons huis zo leuk. Ze wilde gewoon op de bank zitten en tv kijken. Of naar muziek luisteren.

Ze zag er goed uit: bruin, alsof ze hele dagen op het strand lag.

'Gaat het beter thuis?' vroeg ik.

Ze fronste haar wenkbrauwen. 'Waar thuis? Bedoel je bij mijn vader?'

'Ja, waar anders?' vroeg ik. 'Heb je nog een ander huis dan?'

'Ik? Natuurlijk niet! Jij dan wel?' Ze lachte. 'Wat gaan we doen?'

Ze wachtte op mijn antwoord, maar ik kon er geen geven, want ik had het gevoel alsof ik iets belangrijks had gemist. Wat was dat? Iets wat ze zei. Ik voelde het, maar kon er de vinger niet op leggen.

'Daan, ik vroeg je iets.'

'Wil je misschien een film kijken?'

'Goed. Als jij dat wilt.'

'Nee, wat jij wilt.'

We hebben thuis geen meidenfilms. Ik pakte dvd na dvd, las de titels en zette de doosjes terug in de kast. Ik kon me niet voorstellen dat Eline een actiefilm vol achtervolgingen en vecht- scènes leuk zou vinden.

'Sciencefiction?' vroeg ik.

'Nou, nee. Heb je niks anders?' Eline kwam naast mij op de vloer zitten. 'O, maar dat wil ik wel zien!' zei ze.

Ze pakte een dvd van National Geographic. Een twee uur du- rende film over een koraalrif, dat vind ik niet echt spannend. Maar dat was wat Eline wilde zien.

Ik keek liever naar haar dan naar het scherm. Ze wist het en ze lachte. Ze vond het fijn. Ze bukte zich naar mij en kuste me lang, maar toen ik nog meer wilde, duwde ze me heel zacht weg.

'Als je me zo lief vindt, maak je dan iets te eten voor me?' vroeg ze. 'Een boterham met tomaat en kaas. En dan even in de magnetron.'

'Wil je nog iets?'

'Hebben jullie sinaasappelen? Ik hou van versgeperst sap.'

'Geen probleem,' zei ik.

Toen ik met het sap en de boterham terug in de woonkamer kwam, liet ik alles bijna op de grond vallen. Eline lag nog op de bank, en in de deuropening stond Mieke. Hoe kon het dat ik haar niet in de voortuin had gezien? Hoe kon het dat ik haar niet had horen binnenkomen?

Mieke keek heel nieuwsgierig naar de voeten van Eline, die over de leuning bungelden.

'Hoi, Mieke,' zei ik, want ik moest toch iets zeggen.

Eline sprong op en raapte haar spullen bij elkaar. Haar gezicht werd rood.

'Sorry, ik moet weg,' zei ze. Ze keek van de tuindeur naar de gangdeur, alsof ze beoordeelde met welke vluchtweg ze mijn moeder kon ontlopen. Maar dat was natuurlijk onmogelijk.

'Je hoeft niet weg te gaan,' zei Mieke en ze deed een stap opzij. 'Ik zie dat Daan iets voor je heeft klaargezet. Het ziet er heel lekker uit. Ga maar zitten en eet het rustig op.'

'Nee, nee, het hoeft niet. Ik kan beter gaan,' zei Eline en ze stapte naar voren. Ze hield haar hoofd naar beneden, alsof ze niet wilde dat mijn moeder haar gezicht zou zien, maar Mieke had Eline door. Ze pakte Elines arm.

'Kom, we gaan zitten,' zei ze nadrukkelijk.

Eline wist dat ze had verloren. Ze liet haar spullen op de vloer zakken, glimlachte heel aardig en zei op beheerste toon: 'Ja, mevrouw.'

Ik keek haar vol bewondering aan: ik wist niet dat ze zo goed kon acteren.

Wat mijn moeder dacht wist ik niet, maar toen we aan de keukentafel zaten, fronste ze haar voorhoofd.

'Zit je bij Daan op school?' vroeg ze.

'Nee,' zei Eline.

'Waar dan?'

'Mam!' zei ik. 'Waarom moet je dat weten?'

'O, zomaar. Puur interesse. Niks bijzonders. Of mag ik het misschien niet weten?' vroeg ze op scherpe toon.

'Ik zit op het Groen van Prinsterer,' zei Eline.

Ze liegt, dacht ik. Ze vertelt aan niemand wie ze is en wat ze doet, zelfs aan mij niet, dus waarom zou ze mijn moeder de waarheid vertellen?

'Welke klas?'

'Vijfde,' zei Eline.

'O?' zei Mieke verbaasd. 'Ik dacht eerder de zesde. Ben je blijven zitten?'

'Mam!' riep ik. Ik herkende mijn eigen moeder niet. Nooit stelde ze zulke vragen aan mijn vrienden. Nooit keek ze iemand zo aan. Wat had ze tegen Eline? Ze leek niet op de meisjes uit mijn klas, dat is waar, maar iedereen kon toch zien dat ze lief was. En bovendien, je kunt toch iemand niet op het uiterlijk beoordelen?

Eline at rustig en haar handen trilden niet toen ze het glas sinaasappelsap omhoogbracht, maar ze keek steeds op haar horloge en zuchtte hoorbaar.

Na een paar minuten begreep Mieke dat Eline geen woord over zichzelf zou zeggen.

'Ik ga me omkleden,' zei ze. 'Ben je nog hier als ik weer beneden kom?'

'Nee,' zei Eline. 'Ik moet écht weg. Dag, mevrouw. Bedankt voor het eten.'

Toen Mieke een kwartier later beneden kwam, zweeg ze eerst lang. Pas na twee koppen koffie zei ze: 'Daan, is dat meisje belangrijk voor je?'

'Nee. Gewoon iemand die ik ken,' loog ik en ik schaamde me ervoor.

'Dan wil ik haar hier liever nooit meer zien. Ik heb zin om alles na te lopen om te of ze niks heeft gestolen. Gek, hè? Er klopt iets niet aan haar.'

'Maar...'

'Ze is toch niet belangrijk? Spreek ergens anders met haar af, áls het al moet. Ik krijg koude rillingen over mijn rug van haar. Heel vreemd.'

9

Ik sprong uit bed, trok de deur open en riep: 'Moet dat op zondag?'

Het was pas halftien en ik wilde nog slapen, maar beneden maakten ze zo'n lawaai alsof Nederland wereldkampioen voetbal was geworden. Mieke klapte in haar handen en lachte, Herman riep: 'Gefeliciteerd, gefeliciteerd!'

'Je broer gaat trouwen! En hij gaat met Julia samenwonen,' antwoordde Mieke. 'Kom, we ontbijten met champagne.' Ze hield Bas in haar armen, een zakdoekje in haar hand geklemd.

Ik had mijn broer al een paar dagen niet gezien: hij was in Amsterdam, bij zijn vriendinnetje. Zijn 'toekomstige vrouw' dus.

'Daan, kom je nog?' vroeg Mieke.

'Ja, zo,' zei ik. Eerst wilde ik nog vijf minuten op mijn bed liggen. Ik was moe: de hele zaterdag hadden Sjoerd en ik gevoetbald op een braakliggend stuk grond achter zijn huis. Daarna hadden we bij hem thuis gebarbecued en tot drie uur 's nachts in mijn kamer naar films gekeken.

Ik klom op mijn bed, keek op de klok en beloofde mezelf dat ik maar vijf minuten mijn ogen dicht zou doen, dan zou ik tegelijk met de gekookte eieren aan tafel zijn, maar toen ik weer op de klok keek was het al bijna halfelf.

'Shit,' riep ik. Ik trok de deur open en rende naar beneden. Bij elke sprong riep ik: 'sorry!'

'Geeft niks,' antwoordde Bas laconiek. Hij zat aan de tafel koffie te drinken en een krant te lezen. Hij keek me niet aan, maar sloeg de pagina om en negeerde me verder.

'Ik zeg toch sorry?'

Hij haalde zijn schouders op. 'Jouw champagne staat in de koelkast, maar de bubbels zijn allang weg.'

'Waar zijn Mieke en Herman?' vroeg ik.

'Fietsen. Ik ga douchen.' Bas stond op en liep langs mij alsof ik lucht voor hem was.

'Wanneer ga je verhuizen? En wanneer ga je trouwen?' Ik probeerde nog iets te redden, want ik voelde me rot.

'Trouwen? Over een jaar of drie,' antwoordde mijn broer. 'En verhuizen ga ik ergens tussen september en oud en nieuw.'

Dan snapte ik niet waarom ze er zo'n ophef over maakten. Drie jaar! Hij kon net zo goed dertien zeggen. Of dertig. Wie maakt nu plannen over iets wat pas over drie jaar gaat gebeuren? Ik was wel blij dat hij ergens anders ging wonen.

'O, drie jaar,' mompelde ik. 'Nou... gefeliciteerd.'

Ik zat op de bank te ontbijten toen Bas naar beneden kwam. Hij ging schuin tegenover mij zitten. Hij keek me zo aan dat ik wist dat hij iets te zeggen had.

'Wat?' vroeg ik.

'Heb je een vriendinnetje?'

Ik verslikte me bijna. 'Ik? Nee. Waarom?' zei ik, starend naar het tv-scherm. Als ik iemand recht in de ogen kijk, kan ik heel moeilijk liegen.

'Toen ik mijn eerste vriendinnetje had, heb ik het direct aan je verteld, weet je nog?'

Had hij iets gezien of gemerkt? Een paar dagen eerder was Eline zo'n anderhalf uur bij ons thuis geweest, maar we waren voorzichtig: ze was door de achtertuin gekomen. Bas was toen in Amsterdam. Misschien had een van de buren iets gezien?

'Echt?' vroeg ik om tijd te rekken.

'Ja. Weet je nog: Elke. Die met dat piekerige, zwarte haar.'

Ik kon me Elke niet herinneren, dus ik haalde mijn schouders op. Misschien was er niks aan de hand, misschien verbeeldde ik het me, misschien is het normaal om over je vriendinnetjes te praten als je gaat trouwen.

'Je weet toch dat je me kunt vertrouwen?' vroeg hij.

'Jaha,' zei ik heel langzaam. Nu vertrouwde ik het al helemaal niet meer.

'Want het kan écht,' zei mijn broer. 'Je kunt me alles vertellen en ik zal altijd aan jouw kant staan, dat weet je toch?'

Ik zei niks. Ik probeerde te bedenken waar het allemaal over ging, maar kon niets verzinnen.

'Wat ik wil zeggen is...'

En toen, alsof het een film was, ging de deur open: Mieke en Herman waren terug.

Bas keek me lang aan, zo lang dat Mieke vroeg: 'Hebben jullie ruzie?'

'Ruzie? Waarom denk je dat?' vroeg Bas.

Mieke fronste haar voorhoofd, maar Bas deed alsof hij het niet zag.

'Ik moet opschieten, ik ben al te laat,' zei hij.

Hij ging weer naar boven, zijn spullen halen. Ik bleef expres voor de tv hangen. Het duurde nog bijna een halfuur voor Bas naar beneden kwam. Hij pakte de autosleutels van Herman, gaf Mieke een kus op haar wang, wees naar me en zei: 'Ik spreek je later.'

'Bas, waar gaat het over?' vroeg Mieke. 'En zeg niet dat er niks is, want ik zie toch dat jullie...'

'Het is écht niet belangrijk. En bovendien, het is iets tussen mij en Daan,' zei hij. 'Mogen twee broers geen geheimen meer hebben?'

'Je hebt gelijk,' zei Mieke. 'Sorry.'

Ik zag het direct toen ik in mijn kamer kwam.

Mijn bureau ligt altijd vol met spullen. Bas had alles opzij geduwd en sommige dingen zelfs op de vloer gelegd zodat het midden van het blad helemaal leeg was. En daar, midden in die leegte, had hij een ring gelegd. De ring van Eline, die met de groene steen.

Ik pakte de ring, deed hem om mijn pink, draaide hem een paar keer om, deed hem af en hield hem tegen het licht. Groen. Waarom niet blauw, vroeg ik me af. Een blauwe steen zou meer bij Eline passen.

Ik sms'te: 'Je hebt hier iets laten liggen. Wanneer wil je het terug?'

10

'Gaan we naar het strand?' vroeg Sjoerd.

Het was twee uur 's nachts en we zaten op het dak van onze garage. Mieke en Herman riepen altijd dat dat niet mocht, maar ze sliepen aan de andere kant van het huis.

Ik raakte de ring van Eline aan, die ik aan een ketting om mijn hals droeg. Bas had er niet meer naar gevraagd.

Sjoerd pakte zijn fles water en dronk hem leeg. Het was al de vijfde nacht van de hittegolf. In mijn kamer was het het warmst: bijna 32 graden aan het begin van de avond.

'Nou, gaan we nog?' vroeg Sjoerd.

'Nu?' vroeg ik.

'Aan zee is het veel koeler. Het waait daar, zeker weten. Dus ja, nu. Of heb je iets beters te doen?'

'Ja, slapen,' zei ik en ik gaapte.

'Doen we op het strand.'

'Liever nu.'

'Slaap dan een uurtje en dan gaan we.'

Ik twijfelde, maar een beter idee om de hete dag door te brengen had ik ook niet. Ik wist helemaal niet wat ik met mijn dagen moest. Pas over twee weken gingen we naar Frankrijk. Bovendien, ik wilde helemaal niet naar Frankrijk. Ik wilde thuisblijven en elke dag op Eline wachten. Ze werkte. Een vakantiebaantje, elke dag van acht tot halfvijf. En haar andere baan, 's avonds en in het weekend, had ze ook nog. Heel soms konden we elkaar zien. Ik bleef het liefst de hele dag wachten of ze even tijd had.

'Goed, maar we gaan pas om vijf uur,' zei ik. 'Nu ga ik slapen.'

'Dan verslapen we ons.'

Ik schudde mijn hoofd. 'Ik weet zeker dat we door de zon wakker worden.'

'Ja, het zou kunnen. Maar ik val hier toch niet in slaap,' zei Sjoerd.

'Maar ik wel.'

Geen van ons beiden had gelijk. Hij viel direct in slaap en ik niet. Ik lag naast hem op een oud kleed op het warme dak, keek hoe de sterren aan de hemel verschoven en dacht aan Eline.

Het was halfvijf toen Sjoerd opeens rechtop ging zitten. Hij rilde, keek geschrokken rond en vroeg: 'Waar ben ik?'

Ik moest om hem lachen, maar stopte direct, want mijn lach klonk ongelooflijk hard in de ochtendstilte. Ik had zelfs een hond wakker gemaakt. Het beest ging blaffen en janken alsof het al wist dat het alweer een hittedag zou worden.

'Gaan we?' vroeg Sjoerd.

We stapten bij Hoek van Holland Strand uit en liepen langs de nieuwbouwhuizen richting zee. Het was al warm.

'Het zal wel druk worden,' zei ik en ik wees naar mensen die achter ons liepen.

'Zeker de bediening van al die restaurantjes,' zei Sjoerd. 'Ze hebben het nu stervensdruk met die hitte.'

Op het strand waren ook al mensen. Ze jogden langs de branding, lieten een hond uit of zaten gewoon naar de golven te staren. Toen we dichterbij kwamen, zag ik dat er ook mensen waren die er sliepen. Gewikkeld in handdoeken lagen ze te snurken.

'Dat hadden we moeten doen!' zei Sjoerd.

'Dan hadden we de laatste trein moeten nemen.'

'Volgende keer gaan we 's avonds. We gaan een kampvuur maken, biertje drinken, meiden versieren en chillen. En nu ga ik pitten.' Hij liet zich achterovervallen, trok de capuchon over zijn hoofd, draaide zich met zijn kont naar mij toe en mompelde: 'Maak me wakker als er mooie blote meiden langslopen, ja?'

Ik pakte een broodje uit mijn rugzak en keek rond. Sjoerd had gelijk: de mensen die net als wij met de trein waren gekomen, dat was personeel. Misschien niet allemaal, maar wel veel. Ze gingen de strandtenten binnen, deden de deuren open en maakten de vloeren schoon. Iemand zette een radio keihard aan. Sjoerd bedekte zijn oor met zijn arm. Een man die verderop lag, begon te vloeken.

Ik besloot om ook te gaan slapen. Ik spreidde mijn handdoek uit en bond Sjoerds rugzak aan de mijne. Net toen ik wilde gaan liggen, zag ik twee mensen hoog op de duinen: een man en een meisje. Ze probeerde los van hem te komen, maar hij hield haar vast. Zij schudde heftig haar hoofd en duwde hem weg. Door een harde windvlaag vloog haar petje weg. Gedurende een seconde, toen ze bukte, leek het alsof ze blauw haar had. Toen ze weer ging staan, had ze het petje weer op en kon ik haar haren niet meer zien. Ze ging met haar gezicht naar de zee staan en keek rond. De man stond achter haar. Hij legde zijn armen om haar heen, maar ze liep met grote stappen weg.

Eline, dacht ik, zou het Eline kunnen zijn? Met haar vader misschien?

Nee, zei ik tegen mezelf, Eline werkte. Ik had me vergist.

Sjoerd maakte me wakker. 'Je moest toch naar mooie meiden uitkijken? En check wie jou zo nodig heeft: je mobieltje staat al een uur te trillen.'

Hij had gelijk: drie oproepen van Mieke en twee van Herman. En twee sms'jes: ook van Mieke. Ik hoopte dat ze van Eline waren.

'Wat zucht je?' vroeg Sjoerd.

'Ik zucht niet.'

'Zelfs tijdens je slaap. Heb je last van je darmen of zo? Want zo klonk het: alsof je al dagen niet naar wc bent geweest,' zei hij. 'Ik ga patat halen. Wil je ook iets?'

Voor hij terugkwam was ik al klaar met een gesprek met Mieke.

'En?' vroeg Sjoerd.

Ik haalde mijn schouders op. Het geeft geen zin om aan je vrienden te vertellen dat je ouders het niet met je eens zijn, want iedereen kent dat uit eigen ervaring.

'Je hoeft toch niet direct terug?'

'Nee, natuurlijk niet, maar ik moet voor acht uur thuis zijn.'

'Nou, dan ga je lekker alleen. Ik ga pas met de laatste trein.'

We aten patat en dronken cola, we voetbalden en toen ging de wind liggen en werd het echt heet. Het strand liep vol. Sjoerd en ik maakten een hoge zandwal en gingen erbovenop zitten. Meiden, die wilde Sjoerd zien. En ze kwamen eraan, soms met zovelen tegelijk dat we bijna geen tijd hadden om ze allemaal te bekijken.

'Waar val jij op?' vroeg Sjoerd.

'Ik? Eh... Nou...' mompelde ik, want zó had ik het nog nooit bekeken. Ik vind een meisje leuk of niet, en heb er nooit over nagedacht hoe dat komt.

'Ik op grote borsten. En op lang blond haar. Heel voorspelbaar,' zei Sjoerd.

Veel tijd om erover te praten hadden we niet, want naast ons hadden zich drie meiden geïnstalleerd. Binnen een paar minuten kreeg Sjoerd hen in onze kuil. We zwommen, stoeiden in het water en voetbalden. De meisjes giechelden en flirtten, en de grootste en blondste liet zich door Sjoerd met zonnebrand insmeren.

Toen ze om halfzes weggingen, wilde Sjoerd natuurlijk mee, dus ik pakte mijn rugzak en ging ook.

In Rotterdam kon Sjoerd geen afscheid nemen van dat blonde meisje, Shirley. Ze waren bijna een kwartier aan het zoenen. Toen ze eindelijk naar de tram was gegaan, was onze bus al vertrokken. De volgende kwam niet, dus we hebben daar bijna veertig minuten zitten wachten.

Sjoerd raakte niet uitgepraat over Shirley. Ik deed alsof ik luisterde en dacht ondertussen aan Eline. En aan dat meisje in de duinen. En weer aan Eline.

We zaten net in de bus toen mijn mobiel ging. Eline! Alsof ik haar met mijn gedachten had opgeroepen.

'Ben je thuis?' vroeg ze.

'Over een kwartiertje. Waarom?'

'Ik zit in het bushokje. Ik wacht op je,' zei ze en ze verbrak de verbinding.

Ik zag haar direct toen de bus naar rechts ging en onze straat in reed. Ze zat op de bank, met haar rugzak tussen haar voeten. Ondanks de hitte had ze een jeans aan en een t-shirt met lange mouwen.

Toen ik uitstapte, stond ze op en ze gebaarde dat ik achter haar aan moest lopen.

Ik keek naar ons huis, maar zag niemand in de tuin of voor het raam staan.

Eline ging naar rechts, stopte om de hoek en trok me naar zich toe. 'Kom hier,' zei ze en ze streelde mijn wang. 'Ik heb je zo lang niet gezien. Veel te lang.'

'Ik miste je zo erg dat ik vandaag dacht dat ik je op het strand zag,' zei ik.

'Waar?' vroeg ze verbaasd.

'In Hoek van Holland. Met een man.'

'Hoek van Holland? Ik ben hier, met jou,' zei ze en ze kuste me. 'Jij bent mijn man.'

Ik liet mijn rugzak van mijn schouder op de stoep glijden en pakte haar vast. Ze lachte en duwde me van zich af. 'Je bent hebberig,' zei ze. 'Heb je hem bij je?'

'Wat?'

'Mijn ring, natuurlijk!'

'O, dat!'

Ik legde de ketting in haar hand.

'Waar had ik hem laten liggen?' vroeg ze.

'In de badkamer. Mijn broer heeft hem gevonden.'

'Je broer?' Eline fronste haar voorhoofd. 'Je hebt hem toch niks verteld?'

'Nee, natuurlijk niet!'

Eline ging zo dicht bij me staan dat ik haar borsten tegen mijn borstkas voelde. Ze legde haar handen op mijn schouders en duwde me zo hard tegen de muur dat mijn rug pijn deed, stapte met haar voeten op de mijne en omarmde me zo strak dat ik bijna geen adem kon halen. Ze kuste me en daarna beet ze.

'Au!' riep ik. Ik zoog aan mijn lip en voelde dat mijn mond zich vulde met bloed.

'Was het te hard?' vroeg ze.

'Ja,' zei ik. 'Maar lekker.'

Eline raakte mijn lippen aan, pakte haar tas en rende weg.

'Wacht!' riep ik. 'Eline, wacht!'

Ik vervloekte mezelf dat ik mijn rugzak op de grond liet vallen, want nu moest ik bukken om hem te pakken en dat gaf haar een voorsprong.

Ik rende de hoek om en... botste tegen mijn broer.

Hij pakte mijn arm vast. 'Wat is hier aan de hand?' vroeg hij.

'Niks,' zei ik en ik probeerde me los te trekken, maar Bas was nog steeds sterker dan ik.

'Hoezo niks? Eerst word ik bijna door een gekke meid met blauw haar omvergelopen en nu door jou. En... je lip bloedt!'

'Ja, ik ben tegen de muur gelopen,' zei ik.

'Ja, vanzelfsprekend! En je bent 's nachts verdwenen, zei Mieke.'

'Met Sjoerd! We zijn naar het strand geweest.'

'Natuurlijk. Het strand. En daar, op het strand, ben je tegen een muur gebotst, idioot!'

'Nee, ja... eh... echt waar, je kunt het Sjoerd zelf vragen...'

Bas luisterde niet. 'Hou je waffel. Je kunt niet eens liegen, zielenpoot. Kom, we gaan ergens iets drinken. Dan leg je een ijsklontje op je lip en zorg je dat-ie slinkt, want anders zal Mieke tekeergaan en daar heb ik geen zin in.'

Hij pakte mijn rugzak, gaf me een zakdoekje om tegen mijn lip te houden en gebaarde dat ik rechtdoor moest lopen. Ik keek om me heen, maar Eline was allang weg.

Ik liep achter mijn broer aan en glimlachte. Ze zou terugkomen, dat wist ik heel zeker.

11

Eline wist niet of het een goed idee was, maar ik had haar overtuigd: ik zou haar niet storen als ze in Antwerpen op straat zou zingen. Ze was blut en had schulden, dus ze moest wat extra's verdienen.

'Maar ik wil mee! In mei is het toch ook goed gegaan?' zei ik.

Eline lachte. 'Toen hadden we nog niks met elkaar. Nou ja, goed, jij je zin, maar je moet je gedragen, Daan! Ik zal geen tijd voor je hebben en ik zal ook je hand niet vasthouden of zo, want dan haal ik minder geld op.'

'Hoe weet je dat?' vroeg ik. Ik wilde weten of ze dan ooit met een andere jongen naar Antwerpen was geweest, maar dat vroeg ik niet. Ze was ouder dan ik, ze was ongelooflijk mooi en het kon niet dat ik haar eerste vriendje was: ik mocht dan wel naïef zijn, zo naïef was ik nu ook weer niet.

'Het zijn meestal mannen die me geld geven,' zei ze. 'En als ze denken dat ik iemand heb, een vriend bedoel ik, geven ze niks of veel minder. Misschien verstoort het hun droom, weet ik veel...'

Ik was jaloers op die mannen die naar haar zouden kijken en munten in haar blauwe schaaltje zouden gooien, en misschien zouden denken dat ze een stuk van haar hadden gekocht.

'Is het een probleem voor je?' vroeg Eline. 'Want dan moet je echt niet meegaan.'

'Nee,' zei ik stoer. 'Helemaal geen probleem.'

We gingen met de trein en niemand wist het.

Tegen Mieke en Herman had ik gezegd dat ik met Vincent naar Rockanje ging fietsen, en tegen Vincent dat ik met mijn ouders naar Hoek van Holland ging.

'Jullie moeten iets eten onderweg,' had Mieke gezegd. 'Hier, ook voor Vincent.' En ze gaf me vijfentwintig euro.

'Tof! Dank je!'

Mieke glimlachte. 'Je bent op een leeftijd dat ouders alleen tof zijn wanneer ze extra geld geven.'

'Dat is helemaal niet waar,' protesteerde ik, maar mijn ouders lachten.

'Het gaat wel over, hoor,' zei Herman. 'Over een jaar of tien vind je ons weer aardig. Hoe laat ben je thuis?'

'Laat,' zei ik.

Mieke zuchtte. 'Daan, hoe laat?'

'Eh... Tien uur?'

'Is dat niet een beetje te laat om te fietsen?'

'We willen een paar uur op het strand zitten,' zei ik.

Mieke en Herman keken elkaar aan.

'Nou goed, tien uur,' zei Herman. 'Neem je mobiel mee.'

'Doe ik altijd.'

'Echt waar?' vroeg Mieke spottend.

Herman lachte, Mieke lachte en ik lachte mee. Perfecte ouders met een perfecte zoon. Wat zouden ze zeggen als ze wisten hoe erg ik loog?

Het voelde alsof Eline en ik slechts een kwartier in de trein hadden gezeten en niet ruim een uur: dicht bij elkaar, hand in hand, met Elines hoofd op mijn schouder. Voor ik het wist waren we in Antwerpen.

Het was stikheet en Eline schudde ontevreden met haar hoofd.

'Wat is er?' vroeg ik.

'Geen goeie dag,' zei ze. 'Te warm. Mensen zitten liever op een terrasje dan dat ze lopen. Misschien moet ik een andere plek zoeken, vlak bij een ijszaak.'

Na een halfuur lopen door smalle straten en steegjes koos ze voor de plek waar destijds in mei de ridder stond.

'Hier,' zei ze.

Ze trok haar T-shirt uit en haar blauwe engelenjurk aan, en toen haar jeans ook uit. 'Het is zo heet,' zei ze. 'Wil je een fles water voor mij kopen, alsjeblieft?'

In een kiosk kocht ik drie flesjes water en twee waterijsjes.

Toen ik terugkwam, was ze al aan het zingen. Alweer dat liedje met *'and here is your love'*. Rond haar stonden een paar mensen en ik zag dat ze gelijk had: het waren hoofdzakelijk mannen die naar haar keken en geld gaven.

Ik wachtte tot de munten in het blauwe kommetje vielen en toen pas ging ik naar haar toe om haar een ijsje en water te geven.

Ze knikte, glimlachte en met een klein, bijna onzichtbaar gebaar stuurde ze me weg.

Tot in de middag zat ik aan de kant: op een plantenbak, op een stoeprand, op een betonnen paal. Ik schoof met de schaduw van het gebouw achter me mee. Ik keek hoe de mensen kwamen en gingen, urenlang op een terrasje zaten en cola of bier dronken, ijs aten en hun bezwete hoofd afveegden.

De hele tijd pulkte ik aan mijn lip. Ik trok een paar keer per dag de korst van mijn lip af: ik wilde een litteken, als bewijs van en herinnering aan Elines kus. Ik wist dat het gek was, maar dat kon me niet schelen.

Om drie uur wenkte Eline me.

'Pauze,' zei ze. 'Ik trek het niet meer. Ik moet in de schaduw, en iets eten en drinken. Misschien ga ik vanavond nog werken. En anders gaan we gewoon terug naar Rotterdam.'

Ik pakte het kommetje op en toen ik het geld in een blauw zakje wilde doen, vielen er een heleboel muntjes op de grond.

'Daan, pas op!'

Ik bukte en raapte de muntjes één voor één op. Eline liep naast me en wees ze allemaal aan.

Binnen een paar minuten hadden we alles gevonden. Tenminste, dat dacht ik, maar Eline was er nog niet zeker van. Ze liep rond en bekeek steen voor steen.

'Eline, we hebben alles al. Ik zie echt niks meer.'

'Misschien. Maar ik wil geen geld laten liggen, Daan.'

'Maar zo ver kan het niet zijn gevallen!'

'Wel gerold,' zei ze. 'Het is míjn geld, dus hou je mond, ja?'

Ik wilde geen ruzie, dus ik zweeg en wachtte tot ze genoeg van het zoeken zou krijgen.

Geen Italiaan dit keer, maar een louche snackbar in een achterbuurt. De tafels waren vies en het stonk er.

'Weet je het zeker?' vroeg ik en ik keek twijfelend rond.

'Ja. Ik moet het rustig aan doen met mijn geld en het is hier heel erg goedkoop. Opeten kunnen we ergens anders.'

We kochten patat en hamburgers en gingen op de oever van de Schelde op een bankje onder de bomen zitten.

De patat was lekker, maar de hamburgers waren slap en de

broodjes dun en taai. Ik gooide ze weg. Eline keek me ontzet aan.

'Het kost geld, hoor.'

'Kunnen we dan niet naar de Italiaan? Ik vind het niet lekker en ik heb honger.'

Eline beet in haar hamburger, kauwde langzaam, slikte en zei: 'Ja, je hebt gelijk, maar weet je, ik had het toen niet moeten doen, bij die Italiaan eten. Dat was te duur.'

'Waarom deed je het dan als je het geld niet had?'

Eline schudde haar hoofd. 'Soms heb ik geld en soms niet. Dat hangt ervan af. Als je iets anders wilt kopen, dan moet je het doen, maar ik doe het niet.'

'Dan betaal ik voor je,' zei ik en ik pakte haar hand vast.

'O, ben je zo rijk?' vroeg ze.

'Misschien wel.'

'Veertien en rijk, dat kan niet,' zei ze lachend. 'Je werkt niet eens. Wat kun jij hebben, zo'n duizend euro?'

'Veel meer. Alleen al voor mijn verjaardag krijg ik elk jaar honderd euro van mijn opa. En van mijn oom krijg ik elk jaar vijftig euro. En van mijn tantes ook. En alles gaat naar mijn spaarrekening.'

Eline keek me bewonderend aan. 'Zo. Jij hebt het goed. Ik wou dat ik zo'n familie had.'

Terug in het centrum kocht ik een broodje gezond. Eline wilde niks – ze had geen honger meer, zei ze.

Ik dacht dat we niet meer over geld zouden praten, maar toen ze om halfacht haar verdiende geld in haar portemonnee stopte, zag ik dat die vol zat. Loog ze tegen mij? Blut zijn en een handvol bankbiljetten hebben, dat gaat niet samen.

Ze zag mijn blik en zei snel: 'Het is niet van mij, Daan! Echt niet. Het is van mijn werk. Ik moet het afdragen, maar gisteren kon het niet, we hadden problemen met een kluis. Ik kon het toch niet zomaar laten liggen?'

Ik knikte. 'Ja, dat snap ik ook, maar ben je niet bang om zo veel geld bij je te hebben? Je kunt wel bestolen worden.'

'Ja, je hebt gelijk,' zei Eline. 'Ik heb afgesproken dat ik het vanavond naar mijn baas zal brengen. Niet slim, ik weet het, maar ja, het is gebeurd.'

12

Samoges ligt in Zuid-Frankrijk, en om precies te zijn: *in the middle of nowhere*. Een en al rust, zei Herman.

Het huis staat niet eens in Samoges, maar een stuk verderop, op een plek die geen naam heeft en geen nummer, op zes kilometer afstand van het eerste winkeltje: de bakker annex kruidenier annex dorpscafé. En op twintig kilometer afstand van een normale supermarkt. En achthonderd kilometer van de normale wereld, Rotterdam dus.

Ik wilde helemaal niet weg. Ik wilde niet naar Frankrijk. Ik wilde nergens naartoe waar ik Eline niet kon zien, want zonder haar was het doodsaai. Ik heb nog geprobeerd om thuis te blijven, alleen of met Bas, of met Bas en Julia als het niet anders kon, maar het mocht niet.

'Nee,' had Mieke gezegd. 'Misschien volgend jaar, maar nu niet. Ik vind je nog te jong.'

Ik werd als bagage behandeld, die heeft ook niets te zeggen. Ik werd meegenomen en ik verveelde me dood.

'Daan, ga je mee fietsen?' riep Herman.

We fietsten door het bos naar Samoges, lunchten daar, gingen naar de markt en kwamen terug met volle tassen.

's Avonds gingen Herman en ik zwemmen in het nabijgelegen bungalowpark. We deden een wedstrijd baantjes trekken. Ik won, dus Herman trakteerde op een grote ijscoupe. Toen we terugkwamen sliep Mieke al. Ik heb nog met Herman beneden tv gekeken en pas ver na twaalven, zoals altijd, ging ik naar bed.

Ik lag een spelletje op mijn laptop te doen, toen mijn mobieltje oplichtte. Eline. Ik hoorde haar niet goed en kon bijna geen woord verstaan, maar ik wist zeker dat ze huilde. Ze vroeg waar ik was.

Haar vraag verbaasde me. Twee dagen daarvóór hadden we nog met elkaar gesproken. 'Samoges. Ik ben in Frankrijk, dat weet je toch?'

'O, ja. Wanneer kom je terug?'

'Over bijna drie weken. We zijn pas net weg.'

'Maar ik heb je nodig. Ik heb niemand anders. Wat moet ik nu?' vroeg ze huilend. 'Het zou beter zijn als ik niet leefde.'

Mijn hart stopte met slaan. Er moest iets verschrikkelijks gebeurd zijn als ze zo praatte. Iets afschuwelijks. 'Ik kom terug!' schreeuwde ik fluisterend.

'En je ouders?'

'Maak je geen zorgen. Ik kom terug. Vandaag nog.'

Mijn eerste gedachte was: inpakken en wegwezen. Daarna bedacht ik me, ik wilde wachten tot Herman en Mieke wakker zouden zijn – misschien konden ze me naar het station brengen. Maar hoe zou ik hun ervan kunnen overtuigen dat ik terug moest? De waarheid kon ik niet vertellen: ik had al zoveel gelogen dat ik geen uitweg meer zag.

En toen wist ik het zeker: ik moest weg zonder iets te zeggen, juist 's nachts dus, anders zouden ze me nooit laten gaan.

Ik stond op, maar trok geen schoenen aan, bang dat Mieke

en Herman wakker zouden worden. Pas toen ik beneden was, deed ik mijn sneakers aan.

Bij het licht van een zaklantaarn pakte ik mijn rugzak in. Alleen de hoognodige dingen nam ik mee: paspoort, huissleutels, mobiel, iets te eten, portemonnee. Zonder geld.

Ik wist waar Mieke in de keuken geld had verstopt, 'driehonderd euro voor alle zekerheid', zoals ze altijd doet. Het voelde verschrikkelijk toen ik bijna alles pakte: tweehonderdvijftig euro.

Ik zou het tot de allerlaatste cent terugbetalen, beloofde ik mezelf.

Toen ik het geld natelde, hoorde ik boven voetstappen. Onmiddellijk verstopte ik me onder de keukentafel. Herman ging naar de wc, ik herkende zijn manier van lopen. Als hij maar niet naar de keuken zou komen.

Herman trok door en liep de krakende trap af. Als hij het licht aandeed, dan zou hij me zien.

Ik maakte me zo klein mogelijk, sloot mijn ogen en hield mijn adem in.

Herman pakte een glas en draaide de kraan open. Ik voelde hem vlak bij mij staan en opende één oog: zijn rechtervoet was niet ver van mijn linkervoet. Automatisch verplaatste ik mijn been. De zool van mijn schoen kraakte.

Herman sloeg hard met zijn glas op de tafel. 'Rotmuizen,' mompelde hij. 'Rotbeesten. Morgen ga ik een kat kopen.' Toen stommelde hij naar boven. Ik hoorde de deur dichtgaan en het bed kraken.

Opgelucht kroop ik onder de tafel vandaan, stopte het geld in mijn portemonnee, ging naar buiten en pakte een fiets uit het schuurtje.

Ik had een briefje willen schrijven, maar ik durfde niet meer terug te gaan. Omdat het raam van Herman en Mieke aan de kant van de weg lag, ging ik het eerste stukje achterom, door de hazelaars en onder de appelbomen door. Het was nog donker, ik zag bijna niets en twee keer zakte ik door mijn enkel.

Vanuit de boomgaard kwam ik op de weg en ik stapte op de fiets. Ik wist niet hoe ik verder moest, behalve dat ik met de Thalys vanuit Parijs naar Rotterdam kon.

Ondanks het feit dat het pas halfvijf was toen ik aankwam, was het busstation in Samoges open en een slaperige man met een grauw gezicht die achter het loket zat, begreep zelfs dat ik naar *les Pays-Bas* wilde. Ik moest met de bus naar Clermont-Ferrand, zei hij, maar de eerste bus ging pas over een uur.

Ik ging buiten op een bank zitten, pakte een brioche uit mijn rugzak en controleerde mijn mobiel. Geen berichtje van Eline.

Ik zat al in de trein naar Parijs toen Mieke belde.

'Waar ben je? We wachten op je met het ontbijt. Of heb je al gegeten?'

Ze hadden duidelijk nog niet door dat ik niet even was gaan fietsen of zwemmen.

'Ik eet niet mee, want ik moet naar huis. Naar Rotterdam. Het moet. Echt waar. Sorry.'

'Hoezo, je moet naar huis? Waar ben je dan?'

'Iemand heeft mijn hulp nodig, dus ik ben weg.'

Mieke zweeg zo lang dat ik me begon af te vragen of ik haar nog aan de telefoon had.

'Mam?'

'Ben je helemaal gek geworden?' Dat was Herman. 'Hoezo naar huis? Wie heeft jouw hulp nodig? Kon je het niet gewoon aan ons vertellen? Wat is er aan de hand?'

'Met mij niks. Ik moet iemand anders helpen en iemands geheimen ga ik niet verklappen.'

Ze riepen en schreeuwden. Tegelijk en zo hard bovendien dat de mensen in de trein het hoorden en naar me keken.

'Wie helpen?' vroeg Mieke uiteindelijk. 'Is er iets met Vincent? Of met Sjoerd? Toch niet met Bas?'

'Nee. Met iemand die jullie niet kennen.'

'Met wie dan?'

Ik zweeg.

'Daan! Zeg iets!'

'Ik bel jullie als ik thuis ben. En ik heb tweehonderdvijftig euro geleend, uit de keukenkast. Ik betaal alles terug, echt waar. Doei.' En ik hing op.

Ze belden nog vijf keer, maar ik nam niet op. Toen belde Bas met de vraag of ik gek geworden was.

'Laat me met rust,' zei ik.

'Heeft het iets met die meid met dat blauwe haar te maken?' vroeg hij.

Hij is niet dom en kent me als geen ander.

'Dat doet er niet toe,' zei ik.

'Moet ik je van het station ophalen?'

'Nee. Ik red me wel.'

Zodra ik thuis was belde ik Eline. Voor de zesde keer nam ze niet op en ik begon me zorgen te maken.

Bas was niet thuis. Raar was dat; ik was ervan overtuigd geweest dat hij op de bank zou zitten wachten, een preek zou houden en onmiddellijk Mieke en Herman zou bellen. Maar misschien begreep hij eindelijk dat ik zelf over mijn leven wilde beslissen.

Ik stuurde Eline een sms en bakte een eitje. Ik had honger en dorst; onderweg had ik bijna niets gegeten en gedronken om zo min mogelijk van het geld van mijn ouders te gebruiken, maar ik wist niet dat reizen zo duur was. Ik was meer dan honderdvijftig euro kwijt. Het geld dat ik had geleend – eerlijk gezegd gepikt had –, zou ik moeten terugbetalen. Dat betekende een bijbaantje dus, maar ik vond het helemaal niet erg. Ik zou alles voor Eline doen. Alles.

Ik at voor de tv en keek naar Discovery. Er was een programma over auto's op zonne-energie. Ik zou ook wel aan de TU Delft aan zo'n autootje mee willen werken. Ik zag mezelf al in Australië of in Afrika in het team van de TU langs de weg staan en aan zonnepanelen werken, maar toen schrok ik. Er stond iemand voor de tuindeur, helemaal in het zwart.

Ik sprong van de bank en stootte daarbij mijn cola om.

Pas toen ik voor de deur stond herkende ik Eline.

'Wil je me een hartaanval bezorgen of zo?' vroeg ik toen ze binnen stond.

'Als je door zoiets een hartaanval krijgt, dan ben je niet sterk genoeg om te leven en dan is het beter dat je sterft,' zei ze en ze sloeg haar armen om mijn nek en kuste me. Ik wilde haar omhelzen, maar ze draaide zich om en liep naar de keuken. Ik wilde vragen wat er aan de hand was, maar ze vroeg: 'Maak je voor mij ook iets te eten?'

Ik knikte. Ik kon later nog vragen aan haar stellen. Nu was ik blij dat ik haar zag. Dat ze voor me stond. En dat ze niet huilde.

Ze zag er gespannen uit en keek voortdurend om zich heen. Ik wilde dolgraag weten wat er gebeurd was, maar vroeg eerst: 'Zal ik een eitje bakken?'

'Gooi er een gesneden tomaat in,' zei Eline. 'Ik hou van gebakken tomaten. Vroeger, toen ik nog klein was en met mijn vader op vakantie naar Spanje ging...'

Ze maakte haar zin niet af, maar ik wist wat ze bedoelde: in elk Spaans hotel vind je gebakken tomaten bij het ontbijtbuffet.

Ik sneed vier tomaten doormidden en legde ze in de pan.

'Cola?'

'Nee, koffie verkeerd. Heb je melk?'

Ik dook de koelkast in en vond een flesje koffiemelk.

'Geen verse?' vroeg Eline teleurgesteld.

'Nee. Bas koopt nooit melk.' Zodra ik de naam van mijn broer noemde, schoot ik in de stress. Wat zou ik doen als hij nu terugkwam? Ik zette het eten voor Eline neer en belde Bas.

'Ah, verloren broertje,' zei hij. 'Als je wilt dat ik je van het station kom halen, dan kun je dat wel vergeten. Ik ben in Amsterdam.'

'Ik wil alleen weten hoe laat je terug bent.'

'Weet ik nog niet. Of moet ik nu direct terugkomen?'

'Nee. Wat gaan we eten? En hoe laat?' vroeg ik en ik hoopte dat hij me niet door zou hebben.

'Je eet maar wat je wilt, want ik eet bij Julia. Spreek je vanavond! En bel Mieke even, zij belt me elk halfuur. Ze denkt dat ik gewoon thuis ben, dus als ze naar mij vraagt, moet je zeggen dat ik pizza ben gaan kopen of zo, snap je?'

Ik belde mijn moeder. Ze was boos en gaf de telefoon aan Herman, die vroeg of ik zeker wist dat ze niet terug hoefden te komen.

'Ja, ik weet het heel zeker,' zei ik.

'De volgende keer moet je gewoon eerlijk zeggen dat je niet met ons op vakantie wilt,' zei hij.

'Dat heb ik toch gezegd?'

'Je hebt alleen gezegd dat je niet naar Frankrijk wilde. Tenminste, dat is wat ik heb gehoord.'

Ik wilde hem uitleggen dat hij ongelijk had, maar Eline zat al een tijdje aan de keukentafel met haar gezicht tussen haar handen verstopt.

'Kunnen we erover praten als jullie terug zijn?' zei ik.

'Ja, daar kun je zeker van zijn,' zei Herman.

Ik gooide mijn mobiel op de bank en ging terug naar Eline. Ze huilde.

Ik weet nooit wat ik met een huilend meisje moet. Ik raakte haar arm aan en streelde haar schouder. 'Eline,' zei ik. 'Wat is er?'

Ze schudde haar hoofd. 'Ik voel me zo dom. Ik val je lastig op je vakantie, maar uiteindelijk kun je me toch niet helpen. Je bent zo lief...' Ze veegde de tranen met haar vuisten weg. 'Niemand kan me helpen. We hebben schulden, mijn vader en ik, en als we niet betalen, dan worden we het huis uit gezet. Ik heb al iets betaald, maar dat is niet genoeg. En dat is nog niet alles: er zijn nog meer mensen die geld van mij willen...'

'Van jou?'

'Van ons,' verbeterde ze zich. 'Het maakt toch niet uit van wie? Ze zitten achter me aan. Ze wachten me voor mijn huis op. Ik kan niet terug. Ik kan nergens naartoe!'

Ik kon me niet voorstellen hoe het is om geen geld te hebben om eten te kopen en rekeningen te betalen.

'Heeft jouw vader dan geen...' Ik wilde al 'spaargeld' zeggen toen ik bedacht dat hij ongetwijfeld géén geld had. 'Kan hij nergens geld lenen?'

'Nee.' Eline snikte. 'Hij heeft geen werk, ik bedoel... geen vast werk. Dus een lening bij een bank kan hij vergeten. En bij alle vrienden en kennissen heeft hij ook al schulden. Ik moet vast naar een internaat of zo... Maar dan ga ik dood!' riep ze en ze barstte in huilen uit. Ze liet haar hoofd op de tafel vallen en bedekte het met haar armen. Haar rug trilde en schokte.

Ik slikte. Ik pakte tissues en een doos chocolaatjes.

'Eline,' zei ik. 'Eline, huil niet. Ik... We verzinnen wel iets. Wil je een chocolaatje?'

Eline keek me ongelovig aan. 'Wat?' vroeg ze. 'Een chocolaatje? Praat je over chocola terwijl ik bijna alles kwijt ben?' Ze lachte zuur, snikte hard en schudde heftig met haar hoofd. 'Het is surrealistisch, weet je? Al had ik maar honderd euro. Een onbenullige honderd euro.' Ze zuchtte diep en pakte een chocolaatje. 'Nou ja, dan neem ik er een, want...'

Ik hoorde haar niet meer, want ik rende al naar mijn rugzak, pakte mijn portemonnee en trok alle biljetten eruit.

'Kijk,' zei ik en ik legde het geld voor Eline neer. 'Dat mag je nu lenen. Mijn ouders komen over twee weken terug, dan moet ik het terug hebben. Lukt dat?'

Eline likte de chocolade van haar vingers en telde het geld. 'Vijfennegentig,' zei ze.

'Ik heb ook nog wat munten,' zei ik, maar zij gebaarde dat ze die niet wilde.

'Weet je het zeker?' vroeg ze. 'Over twee weken heb je het terug, plus twintig die ik van je geleend heb. Weet je wat, Daan, ik geef je een borg.' Ze trok haar ring van haar vinger. 'Hier, voor jou. Pak aan, anders neem ik dat geld niet. Het is witgoud. En die steen, dat is een smaragd. Hij was van mijn oma. Het is het enige wat er nog is overgebleven, de rest heeft mijn vader verkocht en opgedronken. Ik weet niet precies wat-ie waard is, maar het is veel.'

'Maar ik geloof je wel! En ik hoef je ring niet.'

Eline schoof het geld naar mij toe. 'Dan hoef ik jouw geld niet.'

Ik pakte de ring. Ik zou hem weer om mijn nek gaan dragen.

Eline knikte tevreden. 'Morgen breng ik dat geld naar mijn vader, dan kan hij het aan de huisbaas geven. Zou ik vannacht hier mogen blijven? Ik wil nog niet naar huis.'

Ik dacht dat ik het perfect had bedacht: Eline in de slaapkamer van mijn ouders. Bas en ik kwamen daar anders nooit. Ze moest alleen heel stil zijn. Ik had een fles cola en een pak koekjes naar boven gebracht voor als ze honger zou krijgen.

'Alleen kun je als Bas thuis is niet douchen. Pas als hij weg is,' zei ik toen we samen op mijn ouders' bed zaten. De voor- en de achterdeur had ik op het veiligheidsslot gedaan, zodat Bas moest aanbellen.

'Geeft niet,' zei Eline. 'Ik ben heel erg moe, ik ga zo slapen.'

We hebben nog een uurtje tv-gekeken. Rond halftien hoorde ik mijn broer met zijn sleutel in het slot rommelen en daarna belde hij aan. Ik gaf Eline een kus en deed het licht uit. 'Slaap lekker,' zei ik.

'Daan?'

'Ja?'

'Ik... Ik heb nog nooit iemand gehad die zo goed voor mij was als jij. Echt nooit.'

Ik wilde naar haar teruglopen en iets zeggen, ik wist nog niet wat, maar ze draaide haar rug naar me toe.

'Ik hou van je,' fluisterde ik. Geen idee of ze het had gehoord.

13

Het was nog nacht toen ik wakker werd geschud. Bas hield me vast in een judoachtige greep, zodat ik mijn armen niet kon bewegen.

'Idioot! Sukkel! Dombo!' riep hij in mijn oor. 'Wat is het hier? Een hotel voor je liefjes, stomkop?' Hij was woest.

Ik schrok. Hij vervloekte me regelmatig en we ruzieden vaak, maar zo boos had ik hem nog nooit gezien.

'Laat los.' De woorden kwamen met moeite uit mijn mond, want ik kreeg bijna geen adem meer.

Bas verzwakte zijn greep. 'Nou, vertel, verschrikkelijke oen! Ben benieuwd wat jij te zeggen hebt. Wie is ze eigenlijk, die blauwharige troela?'

Het is niet makkelijk praten als je hard in de matras wordt gedrukt en het is nog moeilijker als iemand zijn hoofd zo dicht bij je houdt dat je er bang van wordt.

'Geen troela, ja? Een vriendin. Mijn vriendin.'

'Dat vriendinnetje van je schreeuwt in haar slaap. Ik schrok me dood toen ik naar de wc ging. En hoe kom je op het idee om haar in Miekes bed te laten slapen?' vroeg hij.

'Wil je liever dat ze in mijn bed slaapt?' gorgelde ik. 'Ze wil niet thuis slapen. Dat kan niet. Ze heeft ruzie met haar vader, en ze hebben schulden, en die mensen staan voor haar huis te wachten, en ze heeft geen andere plek om naartoe te gaan.

Moest ik haar op straat laten slapen?'

'Ja ja. Een leuke smoes.'

'Geen smoes! Het is waar.'

En toen heb ik alles verteld. Bijna alles. Liegen had geen zin. Bas luisterde verbaasd en ongelovig, maar mij uitlachen deed hij niet, want het bewijs dat ik de waarheid sprak, lag een verdieping hoger te slapen.

'Mijn kleine broertje heeft een vriendinnetje. En wat voor een!' herhaalde hij steeds. 'Maar als je me weer belazert, dan ben je nog niet jarig!'

'Stil,' zei ik. 'Anders maak je haar wakker. En, o ja, ik heb geen geld meer en zij moet ook eten.'

'Hoezo niet? Je hebt toch geld van Mieke gepikt?'

'Geleend! En ik betaal alles terug. Ik ga een baantje zoeken. Morgen al. Maar nu heb ik geen cent meer. Ik moest de reis toch betalen?'

'En de rest? Het treinkaartje kan nooit zoveel kosten.'

'De rest... De rest heb ik aan Eline geleend. Vijfennegentig euro. Ik kon niet anders,' verdedigde ik me. 'Als ze de rekeningen niet betalen, worden ze uit hun huis gezet. Haar vader werkt niet en ze hebben geen cent.'

Bas knikte zachtjes. 'Is die vader van haar verslaafd of zo? Dat zou een hoop verklaren.'

'Ik weet het niet. En ik wil het niet vragen en doe jij het ook alsjeblieft niet. Dan gaat ze huilen.'

Bas trok de deur open, maar hij bedacht zich en deed hem weer dicht. Hij kwam dicht bij mij staan en fluisterde: 'Is Eline zo'n verwaarloosd kind? Ik bedoel het niet slecht, hoor. Ik maak me gewoon zorgen. Want als het zo is, dan moeten we iemand vinden die haar kan helpen, vind je niet?'

Bas ging mijn kamer uit en ik liet me op de kussens vallen.

Ik staarde naar het plafond en vroeg me af wat ik uiteindelijk over Eline en haar problemen wist. Niet veel dus.

Het was heel vroeg nog, een uur of zeven, toen ik wakker werd en niet meer kon slapen. Mijn hoofd liep weer over. Kon ik Bas vertrouwen? Misschien wel, hij had Eline ook direct kunnen wegsturen. Of Herman kunnen bellen. Maar dat had hij niet gedaan.

Ik stapte uit bed en deed de deur open.

Ik was niet de enige die niet meer sliep: Bas en Eline zaten in de keuken koffie te drinken en te praten.

Ik keek even naar hen vanuit de gang en weer werd ik bang dat ik te jong voor haar was: ze zou Bas' vriendin kunnen zijn. Hoe oud was ze eigenlijk? 'Ouder dan jij,' zei ze ooit. Zestien? Zeventien? Of misschien wel achttien? Nee, geen achttien. Daarvoor was ze nog te meisjesachtig.

Eline voelde zich op haar gemak bij mijn broer: ze luisterde aandachtig naar hem en lachte. Ze gooide haar blauwe haar naar achteren, wond het om haar vinger en raakte tijdens het gesprek een paar keer zijn schouder aan. Bas knikte dan en glimlachte naar haar. Ze hadden mij niet nodig.

Het voelde alsof er iets scherps in mijn borstkas stak. Was het jaloezie? Ik wist niet wat ik het liefst wilde doen: stilletjes weggaan of gewoon de keuken in lopen alsof het me niets deed dat mijn meisje, in onderbroek en een topje, naast mijn broer zat, maar ik had geen keuze. Bas had me al gezien. 'Kom, ik heb tosti's gemaakt,' riep hij.

Eline stond op. 'Dan ga ik douchen,' zei ze. Ze glimlachte heel lief naar mij, maar gaf me geen kus. Misschien vond ze dat het niet kon, mij kussen als mijn broer erbij was.

Bas en ik keken haar na toen ze de trap op rende. Bas

draaide zelfs zijn hoofd schuin om haar op te nemen toen ze al op de overloop was.

'Niet slecht,' zei hij en hij floot stilletjes. 'Te slank voor mij, maar goede benen en...'

'Hou je bek,' beet ik hem toe.

Hij lachte. 'O, je hebt het echt te pakken. Ze lijkt me een aardige meid, maar tegelijk... Ik weet het niet. Er klopt iets niet. Ze heeft een onschuldig gezicht, maar een verdachte blik in haar ogen. Misschien komt dat door die rare vader van haar: als je voor jezelf moet zorgen, moet je sneller opgroeien. En ze is bloedmooi. Ik weet zeker dat veel jongens gek op haar zijn. Is ze écht jouw vriendin?'

Als je gelukkig bent, gaan de dagen heel snel, zeker als je weet dat je maar twee weken hebt.

Eline woonde tijdelijk bij ons. Ik wist niet wat ze tegen Bas had gezegd, maar hij vond het goed dat ze in de slaapkamer van Mieke en Herman logeerde. Soms verdween ze een hele dag, maar 's avonds kwam ze altijd terug, hoe laat het ook was. Als ik vroeg waar ze was geweest, zei ze dat ze op zoek was naar haar vader, of dat ze iets probeerde te regelen om die mensen aan wie ze geld schuldig waren op afstand te houden. Ik mocht nooit met haar mee, ze schaamde zich voor haar vader, zei ze.

Drie keer gebeurde het dat ze de hele dag niet uit bed wilde komen. Ze draaide zich van me af en zei dat ik haar met rust moest laten. De ochtend daarna deed ze dan weer normaal, alsof er niets aan de hand was.

Haar aanwezigheid wende snel: niet alleen voor mij, maar ook voor Bas. Ik dacht dat hij het zelfs prettig vond. Vaak zaten we 's avonds tv te kijken en dan praatten ze over van alles: vreemde landen, mensen, dromen en wat ze met hun leven wilden doen. Ik zat er als een zoutzak bij en had het gevoel dat ik er niet bij hoorde, want die twee hadden het leuk met elkaar.

Alleen Julia moest niets van Eline hebben. 'Ik vertrouw haar niet,' zei ze.

'Je weet niet wat zij heeft meegemaakt,' zei Bas. 'Je mag dus niet over haar oordelen.'

'Het klopt toch niet,' hield Julia vol. 'Soms doet ze alsof ze bijna net zo oud is als Daan, en soms alsof ze twintig is! En waarom maakt niemand zich zorgen om haar? Familie, buren of een maatschappelijk werkster? Gisteravond hoorde ik haar aan de telefoon praten. Ze sprak over "zaken". Dat het niet zo goed ging en dat ze misschien iets nieuws moesten verzinnen. Ze schrok zich dood toen ze me zag en hing meteen op.'

Bas fronste zijn voorhoofd. 'Raar,' zei hij. 'Maar dat hoeft toch niets te betekenen?'

Soms gingen Eline en ik naar het strand. We zwommen, renden door de branding, aten door Eline gemaakte boterhammen en lagen uren in elkaars armen te zoenen en te zonnen. Met mijn hoofd op haar borst luisterde ik naar het geluid van haar hart en het enige wat telde was het feit dat ze naast mij lag. Wie ze was, waar ze vandaan kwam, of ze tegen mij loog of dat ze de waarheid vertelde – dat was allemaal onbelangrijk. Ik had geen vragen, geen twijfels – ik had twee handen om haar te omhelzen en zij had twee lippen om mij te kussen. Voor de rest waren er alleen de zee en de lucht. Pas als het al donker was, fietsten we langzaam terug.

'Wat zijn dat voor vliegtuigen?' vroeg Eline toen we op zondagmiddag in mijn kamer zaten. Bas en Julia waren op stap en zouden pas laat terugkomen.

Ik stond op van de vloer en liep naar de kast. 'Die bouwde ik vroeger samen met Bas en toen hij niet meer wilde, heb ik ze met mijn vader afgemaakt. Ik wil ze niet meer, ze zijn kinderachtig, maar ik weet niet wat ik ermee moet.'

'Laat ze los,' zei Eline.

'Wat?'

'Laat ze los. Zoals mensen vogels loslaten.'

Ik lachte. 'Wat bedoel je? Ze vliegen toch niet vanzelf weg?'

'Nee, dat niet,' zei Eline. 'Maar als het gebouw hoog genoeg is...'

Met twee grote tassen vol vliegtuigen gingen we naar het centrum. Ik had geen idee wat Eline wilde doen, maar ik had al geleerd om niets te vragen.

Ze stopte voor een hoog gebouw en wees naar boven.

Ik lachte. 'En hoe wil je daar komen? Vliegend?'

Ze trok me aan mijn hand het gebouw in. De haldeuren waren dicht, maar Eline haalde een bos sleutels uit haar zak. Het verbaasde me niet eens dat een van de sleutels paste. Met de lift gingen we naar de hoogste verdieping en vandaar met de trap verder omhoog. Eline maakte het hek open en wees naar de stalen ladder: 'Ik klim eerst.'

In het plafond was een luik met een hangslot. Eline moest wel drie verschillende sleutels proberen en ik dacht al dat het niet zou lukken, maar toen pakte ze een haarspeld uit haar tas, duwde die samen met een sleuteltje in het slot en ik hoorde een klik.

'Ben je gespecialiseerd in sloten?' grapte ik.

'Ja, inbraakacademie,' zei ze.

Ik kreeg de slappe lach.

'Lach niet zo dom, maar kom me helpen,' zei ze en ze wees naar het luik.

En toen stonden we boven. Ik had niet verwacht dat we zo hoog zouden zijn. Het duizelde me.

'Is het niet prachtig?' vroeg Eline.

Ik knikte. De Coolsingel, De Doelen, Pathé, het Centraal Station, de Euromast, de Maas – heel Rotterdam was te zien en we konden zelfs nog verder kijken.

Eline ging voor het muurtje rond het dak staan en gebaarde dat ik naar haar toe moest komen. 'Of vind je het eng?'

Stoer liep ik naar haar toe, ook al trilden mijn benen.

'Je moet je leven niet door angst laten leiden, Daan,' zei ze. 'Dood gaan we toch.'

Ik slikte. Ik kan niet goed tegen het woord 'dood'. Het maakt me bang.

Eline trok de rugzak open en haalde mijn vliegtuigjes eruit.

'Welke eerst?' vroeg ze.

Ik wees naar een groen modelletje dat al een paar keer uit de kast was gevallen en dat toch al beschadigd was.

'Jij of ik?' vroeg Eline.

'Jij.'

'Nee. Jij. Het zijn jouw vliegtuigen. Jij mag als eerste. Ik maak foto's.'

Ik pakte hem. Het woog zo weinig. Ik tilde het op en liet het weer zakken. Ik twijfelde.

Eline omarmde me en kuste me. 'Je bent geen kind meer,' zei ze.

Ik nam een aanloop en duwde hem de lucht in. Ik dacht dat hij als een steen naar beneden zou vallen, maar hij vloog. En hoe! Een paar seconden bleef hij op onze hoogte hangen om daarna cirkelend naar beneden te vallen.

'Oehoe!' riep Eline. 'Nu ik! Welke nu?'

Ze gaf me het fototoestel.

Eén voor één lieten we de vliegtuigen vallen en van elke vlucht maakten we een foto. Sommige vielen recht met hun neus naar beneden, andere vlogen tussen de gebouwen door en landden voor de voeten van verbaasde voetgangers.

Het grootste vliegtuig hadden we voor het laatst bewaard.

'Die vliegt niet,' zei ik. 'Te zwaar.'

'Toch proberen?'

Ik keek ernaar en herinnerde me de avonden dat ik met Bas aan tafel zat en we samen de stukjes aan elkaar plakten en het vliegtuig beschilderden.

'Nee,' zei ik. 'Die wil ik aan iemand geven.'

'Aan wie?'

'Aan de eerste jongen die we beneden op straat zien,' zei ik.

'Gaaf,' zei Eline. 'Doen we.'

Lang hoefden we niet te wachten. Zodra we weer op straat stonden, zag ik een jongetje met krulhaar. Hij stond hand in hand met een ander jongetje – ze leken zo op elkaar dat ze wel broertjes moesten zijn.

'Hoe heet je?' vroeg ik.

'Farrah,' zei hij.

'Kijk, Farrah, ik heb een vliegtuig. Vind je het mooi?'

'Ja.'

'Maak je wel eens een vliegtuig met je vader?'

De jongen keek me met zijn donkere ogen aan. 'Mijn vader is dood,' zei hij.

Ik keek naar Eline.

Ik dacht aan Herman.

Ik was een bofkont.

'Hier,' zei ik. 'Het is nu van jou.'

Toen we weer in mijn kamer waren en ik de lege kast zag, voelde ik me anders. Ouder.

Eline voelde het. Ze kwam naar me toe, omarmde me en zei: 'Je speelgoed is weg. Heb je er spijt van?'

'Nee, het was de hoogste tijd,' zei ik. 'Ik ben geen kleine jongen meer. En bovendien: ik heb jou nu.'

Ik had aan Bas moeten beloven dat ik 's nachts in mijn eigen kamer zou slapen, zonder Eline. Ik lachte hem uit en zei dat ik toch van alles met haar kon doen als hij niet thuis was, maar hij bleef bij zijn standpunt.

'Ik mocht van Mieke ook niet bij meisjes blijven slapen toen ik veertien was,' zei hij. 'Een beetje voelen als je ouders niet thuis zijn is iets heel anders dan samen slapen en samen wakker worden. Geloof me, ik weet wat ik zeg.'

Ik ging netjes elke nacht naar mijn eigen bed, maar niet omdat Bas het wilde. Eline stuurde me weg, maar dat hoefde hij niet te weten.

Die avond mocht ik langer blijven. Eline vroeg of zij nu mijn speelgoed was en ik zei: 'Nee, jij bent mijn liefde.'

We gingen verder dan anders, maar toen ik dacht dat hét eindelijk zou gebeuren, duwde Eline me hard van zich af en ik viel op de grond.

'Ga weg!' Ze gooide haar schoen naar mij. 'Ga, anders laat ik je nooit meer gaan.'

Ik ging weg, omdat zij het wilde. Mijn lippen brandden van haar kussen. Uren lag ik te woelen in mijn bed. Waarom was ik niet zo stoer om terug naar boven te gaan, onder de lakens te glijden en dat te doen waarover ik dag en nacht droomde?

Donderdagavond. Julia, Bas, Eline en ik zaten aan tafel, toen er een sms van Mieke kwam. 'Morgen komen we thuis.'

Mijn broer en ik keken elkaar aan, en daarna keken we beiden naar Eline. Ze liet haar hoofd hangen en zuchtte diep, maar zei geen woord.

'Misschien kunnen we mijn ouders vragen of je hier kunt blijven,' begon ik onzeker.

'Ik heb geen goede ervaring met ouders,' zei Eline.

'Dat is projecteren,' zei Julia. 'Je projecteert jouw gevoelens over jouw ouders op alle ouders. Dat is niet juist. Ik begrijp dat je slechte ervaringen hebt, maar je moet mensen een kans geven om je te helpen. Je weet toch dat je Bas en Daan kunt vertrouwen?'

Eline haalde haar schouders op. Ze staarde naar het tafelblad en zei niks.

'Of is het misschien tijd om de waarheid te vertellen?' zei Julia. Eline keek haar kwaad aan. 'Wat bedoel je?'

'Nou...' Julia keek Bas aan en daarna wierp ze mij een ongeruste blik toe. 'Ik denk dat je liegt. Ik geloof wel dat je in de problemen zit, maar ik weet zeker dat je niet alles vertelt. Ik denk dat je Daan belazert. Waarom moet je steeds geld lenen?'

'Zou je je misschien met je eigen zaken willen bemoeien?' vroeg Eline. 'Of heb je een probleemloos leventje en verveel je je? Ik niet, dus laat me met rust.'

Julia opende haar mond en het was duidelijk dat ze een scherp antwoord wilde geven, maar Bas zei: 'Laat maar. Het is toch voorbij.'

Hij had gelijk – mijn weken met Eline waren voorbij.

'Eline, we verzinnen morgen iets,' zei ik nog en ik probeerde haar hand vast te pakken, maar ze ontweek me en liep de trap op.

Een halfuur later ging ik naar boven en klopte op haar deur, maar ze antwoordde niet. Heel stil ging ik naar binnen. Ze lag met haar rug naar de deur toe. Ze ademde heel rustig – ze sliep.

Toen ze de volgende dag niet naar beneden kwam, dachten Bas en ik dat ze weer een 'beddag' had. We wilden haar met een ontbijtje op bed verrassen, maar de kamer was leeg. Het beddengoed lag netjes op de vloer en verder was er geen bewijs meer dat Eline daar twee weken had gewoond. Niet eens een bewijs dat ze bestond, behalve het feit dat ik nog steeds die vijfennegentig euro voor mijn ouders niet terug had, maar dat er een ring met een groene steen aan een ketting om mijn nek hing.

14

We zaten rond de tafel: Herman, Mieke, Bas en ik. Het was bijna twaalf uur 's nachts. We hadden net het door Bas en mij bereide diner gegeten. Bas was trots op ons en zei toen we de vaatwasser inruimden dat hij het leuk vond om samen voor Mieke en Herman te koken.

Ik vond het helemaal niet leuk. Ik wilde geen eten kopen en koken, ik wilde niet stofzuigen en onder de banken kijken of er een spoor van Eline lag, maar het moest van mijn broer. Hij had alle fietssleutels verstopt en gezegd dat ik al te lang naar haar had gezocht.

Hoe kon hij dat zeggen terwijl ik haar niet had gevonden?

Toen we 's ochtends die lege kamer zagen, was ik het huis uit gerend, ook al riep Bas me terug. Ik heb mijn fiets gepakt en de stad doorgeracet. Eerst vlak bij huis en daarna in steeds grotere cirkels. Ze moest toch ergens zijn? Ze had geen plek om naartoe te gaan – ze zei het zo vaak. En ze kon nog niet heel lang weg zijn, want ik was 's nachts twee keer gaan kijken of alles goed was en toen sliep ze. Waarom was ze zonder een woord te zeggen weggegaan?

In de stad zag ik een heleboel meisjes, maar geen blauw haar.

Pas rond twaalf uur ontdekte ik dat ik mijn mobiel niet bij

me had. Ik fietste terug en besefte dat ik de huissleutel ook niet bij me had, maar nog voor ik het hekje openmaakte, deed Bas de voordeur al open. Hij had me boos aangekeken en op een idioot strenge toon gezegd dat ik naar binnen moest. Ik had het gedaan, niet omdat hij zo bazig deed, maar omdat ik naar de wc moest en verschrikkelijke honger en nog ergere dorst had. Het was weer een hete, wolkeloze dag – mijn T-shirt was nat van het zweet.

Bas stond voor de wc-deur te wachten en zette me klem tegen de muur.

'Wat flik je me nu weer, verdomme? Je mag dan door die meid je kop helemaal kwijt zijn, maar je snapt toch dat alles nu weer normaal moet zijn?'

'Nee, ik snap het niet. Je zegt zelf dat ik mijn kop kwijt ben. Je moet dus niets van mij verwachten, oké?'

'Snap je niet dat ik verantwoordelijk voor je ben?'

'Jij? Sinds wanneer? Ik zorg prima voor mezelf.'

Bas lachte gemeen. 'Jij zorgt voor jezelf? Mieke zorgt voor jou! En Herman. Alsof je nog steeds drie bent. Mieke gaat zelfs mee naar de dokter, alsof je zou kunnen verdwalen. Houdt ze ook je hand vast als ze bloed prikken? Je bent een sukkel en ik snap niet wat Eline in je ziet.'

'Ik ook niet,' zei ik. 'Maar toch kiest ze voor mij, nietwaar?'

Bas haalde zijn schouders op. 'Ik weet het niet,' zei hij opeens rustig. 'Sinds dat gesprek over "zaken", dat Julia had opgevangen, weet ik niet meer wat ik van haar moet denken. Misschien gebruikt ze je gewoon.'

'Misschien,' zei ik om van hem af te zijn. 'Maar ik heb een bed én eten én een vader én een moeder. Zij heeft niets. En jij bent mijn vader niet, dus bemoei je niet met mijn leven!'

'En jij bent een kind! Je kunt niet voor haar zorgen, je kunt haar niet redden, snap je het nog steeds niet? Ze moet naar jeugdzorg. Naar een instantie of zo.'

'Een pleeggezin, bedoel je?'

'Ja, precies.'

'Zou je Julia ook bij een pleeggezin stoppen?'

Bas liet me los en deed een stap naar achteren. 'Nee,' zei hij. 'Dat zou ik niet kunnen.'

Hij volgde me naar de keuken en keek zwijgend toe terwijl ik water uit de kraan dronk en stokbrood naar binnen werkte.

'Wat kijk je? Wil je nog iets zeggen? Dat ik mijn handen moet wassen?' vroeg ik.

'Mieke en Herman komen vanavond,' begon hij weer. 'Ik mats je, snap je? Ik mats je. Ik ga zeggen dat je die vijfennegentig euro aan mij hebt gegeven en dat ik er de boodschappen van heb gedaan. En over die tweehonderd euro die ze van mij heeft geleend, vertel ik ook niks.'

'Wat?'

'O, je wist niet dat ze ook van mij geld heeft geleend? Nou ja, dat is jullie probleem, maar jullie moeten alles terugbetalen. Tot de allerlaatste cent. En ga nu maar de slaapkamer van Mieke en Herman opruimen, want anders ben je de lul. Maar je moet ze wel vertellen dat je een vriendinnetje hebt, Daan. Dat moet echt.'

'Maar Eline wil niet dat ik iemand over haar vertel!'

Bas schudde zijn hoofd. 'Ze heeft hier twee weken gewoond. De buren hebben haar gezien. En Julia gaat niet tegen Mieke liegen. Eline is geen geheim meer. Goed, ga haar maar zoeken. Ik geef je de tijd tot vijf uur en geen seconde langer, oké? Zelfs als je haar dan nog niet hebt gevonden, kom je gewoon naar huis. Vijf uur, geen seconde later, anders krijg je er spijt van.'

Ik was pas om zes uur thuis gekomen. Langer fietsen kon ik echt niet – ik was kapot. Totaal versleten. Met moeite stapte ik van mijn fiets af. Ik voelde mijn benen niet meer. Nog nooit had ik zo veel kilometer op één dag gefietst: 144 stond er op de teller. Sommige straten had ik zes keer gezien.

Ik had zelfs de bouwplaats gevonden. Ik dacht dat ze daar misschien was. Eenmaal voor het hek twijfelde ik. Ik zou niet graag hondentanden in mijn kuiten voelen. Maar uiteindelijk klom ik over het hek en ging op zoek naar de keet van Pietje. Ik zag zijn rare woning nog niet toen ik het geblaf al hoorde. Ik pakte een grote stok, in de hoop dat ik de beesten op afstand zou kunnen houden, maar dat hoefde niet: toen Pietje naar buiten kwam, bleken de honden aangelijnd.

'Rot op!' riep hij vanaf het trapje. 'Wegwezen! Opdonderen, anders maak ik de honden los!'

'Pietje, ik ben het, Daan, het kuiken!' Ik zag aan zijn gezicht dat mijn naam hem niets zei. 'Weet u het nog? Ik zoek Eline. Weet u misschien waar ze is?'

'Kuiken? Welk rotkuiken?'

Hij kwam dichterbij. De honden snuffelden aan mijn handen en benen en gromden. Speeksel droop op mijn schoenen, maar ze hapten niet, al moet ik naar angst geroken hebben.

Pietje stonk ook: naar drank, sigaretten en vuil. Hij kneep zijn ogen tot spleetjes, keek me wantrouwend aan en gierde het uit: 'Ah ja! Uilskuiken! Wat moet je?'

'Ik zoek Eline. Weet u waar ze is?'

'Nee, dat weet ik niet, en als ik het wist, dan zou ik het je toch niet zeggen, dom kuiken. En nu opsodemieteren!'

Ik had me omgedraaid en liep al weg, maar ik kon het niet. Ik móést weten of alles goed met haar was. Ik moest weten dat ze veilig was, dat ze niet buiten sliep, in een park of in een metrotunnel. En daar had ik zelfs hondenbeten voor over.

Ik draaide me om. De honden gromden harder en Pietje maakte de lijnen langer.

'Pietje. Help me. Alstublieft. Ik hoef haar niet te zien als het niet mag. En ik hoef niet te weten waar ze is. Ik maak me zorgen. Ik wil gewoon... Ik...'

Pietje bukte. Ik dacht al dat hij de honden los zou laten en keek paniekerig rond om te besluiten welke kant ik op zou moeten rennen, maar hij aaide de beesten en zei: 'Kom.'

'Naar binnen, jij,' zei Pietje toen we voor de keet stonden.

Hij maakte de honden buiten los. Ze renden alle kanten op, ze blaften en sprongen en wilden weer aan mij ruiken, en ik was blij dat Pietje tussen mij en de beesten stond.

Hij gooide de keetdeur dicht en draaide de sleutels om. 'Je weet maar nooit.'

Toen hij me een stoel aanwees, durfde ik pas te gaan zitten. Pietje pakte een glas, schonk het vol met kraanwater en zette het voor me neer. 'Drinken,' zei hij.

Ik wilde zeggen dat ik het niet hoefde, maar hij riep: 'Drink op, je hebt een kop als een tomaat!'

Het glas was vies en het water troebel, maar ik dronk alles op en tot mijn verbazing merkte ik dat het me goeddeed.

Pietje ging tegenover mij aan tafel zitten. 'Eline,' zei hij. 'Je zoekt Eline. Ze was hier een week of drie geleden. Daarna ging ze ergens anders slapen.'

'Bij mij,' zei ik.

'O,' zei Pietje. 'Bij jou. Vinden je ouders dat goed?' vroeg hij verbaasd.

'Die waren er niet. Die komen vandaag terug en vannacht is Eline weggegaan.'

Pietje keek me lang aan. Ik voelde zijn ogen van onder zijn dikke wenkbrauwen priemen.

'Je liegt niet,' zei hij na een tijd. 'Ik weet het altijd als mensen liegen. En jij liegt niet.'

Ik wachtte af wat hij nog meer zou zeggen, maar hij zweeg. Hij zweeg zo lang dat ik me steeds ongemakkelijker voelde. Ik dacht al dat hij me was vergeten of dat hij sliep, want zijn ogen waren dicht en hij ademde zo luid dat het op snurken leek, maar opeens krabde hij hard aan zijn borst en zei: 'Weet je, met Eline is het zo... Dat is een meid uit duizenden, maar ze heeft... hoe zeggen ze het ook alweer... ze heeft een verleden. Een rotverleden. En waarschijnlijk een rottoekomst. Heeft ze je er iets over verteld?'

'Alleen over haar vader. Een beetje... Dat ze ruzie met hem heeft. Dat ze hem...' Toen hield ik mijn mond. Want zou Pietje misschien haar vader zijn? Dat kon bijna niet: mijn mooie Eline leek niet op die vent, maar... je wist maar nooit. Of misschien haar opa...

Pietje zag mijn twijfel. 'Ben je bang dat ik die klootzak alles vertel? Ik lust hem niet. Mijn honden wel en als ik hem hier ooit nog zie...' zei hij en hij stak dreigend zijn vuist op.

'Meer weet ik niet,' zei ik snel. 'Alleen over die vader.'

'Ik vertel je ook niets, hoor! Ik zwijg als het graf. Weet je waarmee ze haar geld verdient?'

'Ik? Nee.'

Pietje pakte een fles wodka die op tafel stond en nam een grote slok.

'Heeft ze echt twee weken bij jou gewoond?' vroeg Pietje weer. 'Dan vertrouwt ze je wel. Dan moet je wachten tot ze je nog meer vertrouwt. Hier is ze niet. Echt niet. Maar als ze komt, zal ik haar zeggen dat je hier was, kuiken. Dat kan ik wel voor je doen.'

Ik heb nog een tijdje bij Pietje gezeten, in de hoop dat hij van gedachten zou veranderen, maar hij lette niet meer op me en toen mijn stoel kraakte, vroeg hij: 'Ben je hier nog? Wegwezen, naar je eigen nest!'

Ik wees naar de deur – die was dicht en hij had de sleutels.

Pietje zuchtte. 'Kan ik nou nooit eens rustig zitten,' klaagde hij. 'Alleen maar onrust met jullie, alleen gedonder. Geef mij maar liever mijn hondjes dan kinderen.'

Hij draaide de sleutels en schopte de deur open. 'Weg.'

'En... De honden?'

Pietje keek me aan en zuchtte. 'Alleen omdat je het kuiken van Eline bent. Anders zou ik ze achter je aan laten gaan om te kijken hoe snel je kunt rennen. Dat vind ik altijd prachtig. Als ze achter de jongens aan vliegen. Maar ja...'

Hij pakte zijn fluit uit zijn broekzak en floot. Direct hoorde ik de beesten aankomen.

'Zitten,' riep Pietje toen ze voor hem stonden. 'Nu mag je weg, maar niet omkijken, want dat vinden ze niet leuk.'

Ik liep het trapje af. 'Bedankt voor het water.'

Pietje keek me verwonderd aan. 'Bedankt, zegt-ie. Bedankt. Niemand zegt tegen Pietje "bedankt". Alleen het uilskuiken. Toen voor brood en nu voor water. Zou het uilskuiken een goeie jongen zijn? Dat zien we niet vaak...' Hij sprak alsof het over iemand anders ging, niet over mij. 'Weet je wat, ik zal je iets zeggen, maar daarna moet je echt oprotten: pas op met Eline. Het is alsof ze mijn kind is, maar de heilige Maria is ze niet. Snap je? Ze is niet slecht, maar goed ook niet. Jij bent nog een eendagskuiken. Je moet niet tussen de gieren en kraaien gaan zitten, want dan eten ze je op, en dat zou zonde zijn van zo'n kuiken. En als je niet weet waar ze is, zoek haar dan niet, want dan wil ze niet gevonden worden.'

Toen keek hij de honden aan en zei scherp: 'En nu is het genoeg. Ik tel tot vijftig en dan ben je achter het hek. Eén, twee...'

Iets in zijn stem maakte dat ik hem geloofde. Ik sprong van het trapje af en rende. Achter me riep hij: 'Elf, twaalf... Sneller, kuiken, vlieg, anders red je het niet!'

Ik was net bij het hek toen hij 'vijftig!' schreeuwde en daarna: 'Pak hem, pak hem!'

De honden renden, maar ik was al aan de andere kant. Vandaar zag ik Pietje niet meer, maar ik hoorde zijn bulderende lach.

Toen ik eindelijk thuiskwam maakte Bas een gebaar alsof hij me wilde slaan, maar in plaats daarvan trok hij me even tegen zich aan en gaf me een schouderklopje.

'Het komt goed,' zei hij. 'Het komt allemaal goed.'

'Ja,' zei ik. 'Het komt goed.' Dat is wat ik wilde geloven.

Het was al halftwee 's nachts, maar we zaten nog steeds aan tafel. Herman en Mieke raakten niet uitgepraat over de vakantie en mijn 'ontsnapping', zoals ze het noemden. Het had uiteindelijk goed uitgepakt, zeiden ze. Toen ik weg was, hadden ze veel dingen gedaan die ze anders niet gedaan zouden hebben. Maar desondanks mocht ik toch nooit meer weglopen, 'want in ons gezin kunnen we over alles, maar dan ook echt alles praten'.

'Nou, dan hebben jullie nu een kans voor dat gesprek, want ik ga naar boven,' zei Bas en weg was hij.

Het liefst wilde ik ook weg, maar ik durfde niet. Mieke en Herman keken me aan en ik wist dat ze een antwoord wilden.

'Ik heb een vriendin en zij had, hééft problemen thuis,' zei ik snel, voor mijn ouders met vragen konden komen. 'Daarom moest ik terug naar Nederland. Dat is alles.'

Mieke en Herman keken elkaar aan. Het leek of ik een glimlach om Miekes mond zag.

'Is dat écht alles?' vroeg ze.

'Ja,' zei ik. 'Dat is alles. Sorry. Ik zal al dat geld terugbetalen. Echt waar.'

'Dat spreekt voor zich,' zei Mieke. 'Waarom heb je ons niet gewoon de waarheid verteld?'

'Had je me dan laten gaan?' vroeg ik.

Mieke zuchtte diep. 'We praten er morgen wel over,' zei ze. 'Nu wil ik naar bed. Ik hoop dat we haar snel kunnen leren kennen. Ik hoop maar dat ze anders is dan dat meisje met dat blauwe haar. Dat was zo'n rare meid...'

'Blauw haar? Ik heb ook wel eens een meisje met blauw haar hier gezien. Zou dat hetzelfde meisje zijn?' vroeg Herman.

Ik haalde mijn schouders op, zette mijn glas in de vaatwasser, zei welterusten en liep naar boven. Toen ik al voor de deur van mijn slaapkamer stond, hoorde ik Herman van beneden vragen: 'Daan, heb je je vriendin kunnen helpen?'

'Nee. Niet zoals ik het zou willen.' Ik sloot de deur achter me, ging op de vloer zitten en fluisterde: 'Eline, waar ben je, Eline?'

Ik had haar tien sms'jes gestuurd en een aantal keer gebeld, maar ze had niet geantwoord. Ik was radeloos. Het geld kon me geen bal schelen. Ze mocht het houden, samen met die twintig euro van mij en tweehonderd van Bas, als ze maar iets zou laten horen. Als ik maar wist dat het goed met haar ging.

Drie dagen lang fietste ik door de stad op zoek naar Eline, al was dat zinloos. Alleen Bas wist het, zonder dat ik er iets over had gezegd. Hij snapte het gewoon. Elke avond, als ik rond zeven of acht uur terugkwam, keek hij me vragend aan en dan schudde ik mijn hoofd: nee, geen Eline. En dan zei hij niks, maar als we naast elkaar stonden, wreef hij onhandig over mijn hoofd of hield me even vast en vroeg of ik iets samen met hem wilde doen – naar de bios of zo. We hadden zelfs geen ruzie meer.

De vierde dag sloeg het weer om. Toen ik 's ochtends wakker werd, was het donker alsof het november was in plaats van augustus, en het regende en stormde. Niemand gaat in zulk weer buiten lopen. Zelfs niet als je geen huis hebt. Hopelijk had Eline een dak boven haar hoofd. Misschien was ze terug bij haar vader. Alles beter dan dakloos zijn.

Ze zou zeker bellen als ze me nodig had, want ze had niemand anders, stelde ik mezelf gerust.

Om twaalf uur kwam Bas naar mijn kamer. 'Ben je nog niet wakker?'

'Allang.'

'Moet je niet eten?'

Ik schudde mijn hoofd. 'Geen honger.'

'Wil je naar een film? Of naar een zwembad? Of misschien naar een sauna, blote vrouwen kijken? Je bent veertien, dus het mag,' grapte hij.

'Denk je dat zij daar is?'

Om twee uur haalde ik beneden een glas melk en wat te eten en ging terug naar mijn kamer. Ik keek wat tekenfilmpjes en opeens stond Sjoerd in mijn kamer.

'Ik dacht dat je me zou bellen als je terug was uit Spanje.'

'Ook hallo,' zei ik. 'Ik had andere dingen aan mijn hoofd. Frankrijk, trouwens.'

'Spanje, Frankrijk – *whatever*. Warm, wijn en een rare taal. Hoezo, andere dingen aan je hoofd? Tijdens de vakantie? Wat dan?'

'Ja, tijdens de vakantie. En wat doe jij hier?'

'Puur toeval. Je broer had een verkeerd telefoonnummer gekozen en kreeg mij aan de lijn. Toen zei hij dat je je verveelde.'

Bas. Ik wist zeker dat het geen vergissing van hem was. Hij wilde me opbeuren, daarom had hij Sjoerd gebeld.

'Dus, hoe was Frankrijk?'

'Saai. Ik ben maar één week gebleven.'

'Eén week? Waarom niet drie?'

'Omdat het saai was.'

'Zullen we gaan fietsen?'

'In die regen?'

'Welke regen?' Sjoerd trok de gordijnen open. 'Het regent al uren niet meer.'

Hij had gelijk. Het was wel bewolkt en in de bomen hingen nog druppels, maar het was droog.

'Oké. Maar niet te ver. De laatste drie dagen heb ik bijna zeshonderd kilometer gemaakt.'

'Zeshonderd? Je bedoelt zestig!'

'Nee. Zeshonderd.'

'Gek! In die hitte? Je liegt.'

'Whatever.'

We fietsten naar zijn huis.

We zaten zwijgend achter zijn schuur, toen hij opeens opstond, de schuur in ging en terugkwam met een paar spuitbussen verf.

'Graffiti?' vroeg hij en hij begon op de wanden van de schuur te spuiten.

'Wil je ruzie met je pa?' vroeg ik.

Sjoerd zei dat het mocht. Zijn ouders kon het toch niet schelen. In zijn kamer lekte het al twee jaar en er werd niks aan gedaan.

'*Who cares?*' zei hij en hij duwde een spuitbus in mijn handen.

Ik bedacht dat hij waarschijnlijk gelijk had: zijn vader zei altijd dat het Sjoerds schuur was en dat hij er alles mee mocht doen, behalve hem in de fik steken.

Sjoerd bespoot een lang stuk naast de deur. Ik ging om de hoek staan, aan de kant van het achterpad.

Sjoerd werkte aan iets groots – hij maakte grote, ronde bewegingen met zijn armen. Ik vroeg wat het was, maar ik mocht niet komen kijken.

'Pas als het klaar is,' zei hij en hij grinnikte.

Ik hou van graffiti en ben het niet eens met al die zeikerds die zeggen dat het tot verloedering leidt. Ik besloot om de hele achterwand te gebruiken. Echt groot was het niet: misschien een vijfde van wat Sjoerd had. Ik koos zwart, wit en lichtblauw. Blauw, steeds weer blauw. Vroeger had ik een hekel aan blauw – dat lijkt een brave kleur voor brave, saaie meisjes. Nu vind ik blauw niet meer zo braaf.

Ik schilderde een zee met golven als scherpe tanden en een witte zon en schreef in zwarte letters de woorden die ik Eline zo vaak had horen zingen: '*May everyone live and may everyone die.*' Met dat 'die' had ik niet zoveel, meer met dat 'live'.

Ik was bezig de tweede laag aan te brengen, toen Sjoerd riep: 'Hoi, pa!'

Ik keek om de hoek en zag zijn ouders aankomen. Voor de verandering maakten ze geen ruzie en liepen ze gearmd. Desondanks stonden hun gezichten op onweer.

'Mag ik vragen waar jullie mee bezig zijn?' riep zijn pa. Het bier was goed hoorbaar in zijn stem, maar hij liep recht.

Sjoerd keek verbaasd naar hem, daarna naar de spuitbussen in zijn handen en toen weer naar zijn pa. 'Hoezo?' vroeg hij. 'Je zegt altijd dat ik hier alles mag doen wat ik wil.'

'Ja, maar niet deze shit! Bovendien bedoelde ik binnen! En hebben jullie niet gezien dat het net geschilderd is?'

Ik deed een stap naar achteren. Misschien waren de stukjes hout die ik nog niet had beschilderd nu groener dan voor de vakantie, maar misschien ook niet.

Na mijn wand bekeken te hebben, ging ik naast Sjoerd staan en toen begreep ik wat zijn vader bedoelde. Sjoerd had een grote hondendrol gemaakt met erboven SHIT in heel grote letters. Ik vond het wel humor, maar ik snapte best dat Sjoerds vader kwaad was.

'Heel fijn. Ik weet al hoe we het gaan oplossen,' zei hij. 'Je verveelde je toch, Sjoerd? Nou, je mag niet alleen die twee wanden, maar de hele schuur schilderen, want anders zie je kleurverschil. Nee, je mag niet, je moet. Veel plezier. O ja, de verf moeten jullie zelf betalen.'

Ik bekeek de schuur alsof ik hem voor de allereerste keer zag en vloekte binnensmonds. Het was een groot ding. Supergroot. Zo'n zes of misschien acht meter lang en meer dan drie meter hoog. We zouden er dagen mee bezig zijn.

Sjoerd moest tot precies dezelfde conclusie gekomen zijn, want hij vroeg: 'En als ik het niet doe?'

'Dan kun je je scooter vergeten,' zei zijn moeder. 'Ik verkoop hem op Marktplaats en huur een schilder van dat geld.' Ze omarmde haar man en samen liepen ze weg.

'Zie je,' zei Sjoerd. 'Eerst maken ze ruzie, daarna maken ze het goed en dan pakken ze mij aan. Dat is toch klote?'

'En nog iets,' riep zijn vader over zijn schouder. 'Het moet klaar zijn voor het begin van het schooljaar, begrepen?'

Sjoerd smeet de spuitbussen tegen de schuurwand. 'Klootzak! Eerst mag ik er alles mee doen en daarna vindt hij het niet goed!'

'Zou je moeder echt je scooter verkopen?' vroeg ik.

'Wat dacht je? Weet je nog dat ze me in mijn kamer heeft opgesloten en het raam heeft dichtgespijkerd toen ik naar Appelpop wilde?'

Dat wist ik nog wel. Ik mocht er ook niet naartoe van mijn ouders, maar mijn kamer ging niet op slot. Sjoerd mocht drie dagen de deur niet uit. Maar ja, ik deed nooit zulke gekke dingen als hij: ik verdween nooit voor vier nachten zonder dat iemand wist waar ik was, ik kwam nooit om zeven uur 's ochtends met zes meisjes terug van een disco om in de woonkamer te gaan dansen, ik ging nooit tijdens het onweer in een boom zitten en ik lag niet voor dood op de bodem van een zwembad. Sjoerd wel. Net als Bas.

Sjoerd bekeek mijn schildering. 'Veel blauw,' zei hij. 'Zoals het haar van dat meisje... E....'

'Eline.'

'Eline. Wat heb je met haar?'

'Ik denk dat ze mijn vriendin is.'

'Wat?' vroeg hij en hij lachte. Hij lachte me uit. Hij geloofde me niet.

'Mijn vriendin,' herhaalde ik.

'Je denkt dat,' zei hij. 'Weet je het niet zeker? Wat voor een dom antwoord is dat?'

'Ze is anders dan andere meisjes.'

Sjoerd lachte hard. 'Ja ja, die ken ik. O, je bent zo anders dan andere meisjes,' zei hij met een hoge, valse stem. 'O, je bent zo bijzonder. Ik ken geen meisje zoals jij.'

'Ze is écht anders,' hield ik vol.

'Tuurlijk,' zei Sjoerd. 'Ik geloof er geen reet van, maar leuk voor je. Kom, voor we beits gaan kopen, kijken we eerst of pa ergens nog een blik heeft staan. Het gaat me toch al te veel geld kosten. Leg je iets bij?'

Ik schudde mijn hoofd. 'Ik zou wel willen, maar ik heb al tweehonderdvijftig euro schuld bij Mieke.'

Sjoerd floot tussen zijn tanden. 'Tweehonderdvijftig euro? Jij? Hoe komt dat?'

'Dat vertel ik je nog wel eens.'

'Best.'

In de garage vonden we twee blikken groene beits: het ene was bijna helemaal vol, het andere vrijwel leeg, dus bij elkaar één blik verf.

'Twintig liter, dat is niet genoeg,' zei Sjoerd. 'Maar we kunnen vast beginnen. Eerst die stukken van vandaag, want die zullen we zeker twee keer moeten doen. Die graffiti komt door alles heen.'

Hij had gelijk: daar waar ik de zon had geschilderd en de letters wit had gemaakt, kwam de kleur erdoorheen. Bovendien: het was gepruts wat we deden. De graffiti was nog nat en de nieuwe verflaag maakte alles nog erger.

'Het moet eerst drogen. Morgen verder?' vroeg Sjoerd.

'Is goed.'

'En overmorgen?'

'Best. Ik heb toch niets te doen. Wat denk je, hoeveel tijd hebben we nodig?'

'Een week?' Sjoerd twijfelde. 'Of toch meer? Want dan moet ik met ma gaan onderhandelen.'

'Misschien minder dan een week. Als het maar niet regent, want dan zijn we pas ergens in september klaar.'

Maandag, dinsdag, woensdag en donderdag fietste ik om tien uur 's ochtends naar Sjoerd en dan schilderden we tot twaalf uur. Daarna aten we, voetbalden een uurtje of zo, en schilderden weer tot een uur of vier. Het ging langzaam, want we stonden steeds te praten en cola te drinken en speelden met de twee honden van Sjoerd. Op donderdag kwam Vincent langs, hij was net terug uit Spanje. Door zijn gebruinde huid leek hij nog magerder dan anders, maar hij zei dat hij juist was aangekomen en veel sterker was geworden en om dat te bewijzen ging hij op de ladder staan om boven zijn hoofd te schilderen, want dat was het moeilijkste deel, zei hij.

's Avonds grilden we aardappelen en worstjes op een kampvuur achter de schuur. Sjoerds pa en ma kwamen ook: ze brachten ijsjes en chips mee en zelfs een flesje bier voor iedereen. 'Het is zo warm dat ik vind dat het voor deze ene keer mag,' zei Sjoerds ma.

Toen ik om tien uur wegging riep Sjoerd: 'Morgen weer?'

'Ja!' riep ik terug. 'Tien uur!'

'Laat me niet stikken, want anders ben ik mijn scooter kwijt.'

Sjoerds ouders lachten hard. 'Ja, Daan, anders is het jouw schuld. Jullie hebben nog maar een paar dagen en een hoop werk.'

'Maak je niet druk, ik kom,' zei ik.

15

De volgende ochtend zaten Mieke en ik samen aan tafel. Mijn moeder had een vrije dag genomen – ze wilde naar Kijkduin. Ze vroeg of ik mee wilde, maar ik zei dat ik naar Sjoerd moest. Ze trok haar neus op: ze had gehoopt dat ik meeging. Ik zei niks: ik was blij dat ik die rotschuur moest schilderen.

Het zou een ochtend kunnen zijn zoals vroeger, toen ik Eline nog niet kende, ontbijten met mijn moeder leuk vond en haar van alles vertelde. Maar nu hadden we het allebei niet naar ons zin. Mieke stelde tientallen vragen, maar er was niks wat ik aan haar wilde vertellen.

Na een halfuur stond ze op en zwijgend ruimde ze de tafel af.

Ik trok net mijn schoenen aan toen mijn mobiel ging. Ik dacht dat het Sjoerd was: ik moest zeker weer langs de Gamma voor kwasten of terpentine.

Maar het was Eline. Ik explodeerde van geluk toen ik haar naam op het schermpje zag.

'Hoi,' schreeuwde ik bijna. 'Eindelijk.'

Mieke draaide zich met een vragende blik naar me toe. Ik gebaarde wat en liep de kamer uit.

'Sorry dat ik zo zonder afscheid weg ben gegaan,' zei Eline. 'Ik kon het niet aan. Kun je het begrijpen?'

'Nee. Ik bedoel ja! En je hoeft geen sorry te zeggen.'

'Wat doe je vandaag?'

'Eh...' Ik keek om. Mieke zat op de bank en ik wist zeker dat ze luisterde.

'Ik dacht dat we elkaar konden zien,' zei Eline.

'Ik kan nu niet praten,' fluisterde ik in de telefoon. 'Wacht even.'

Ik pakte mijn rugzak uit de woonkamer en gaf Mieke een kus.

'Hoe laat ben je thuis?' vroeg ze, opgelucht dat ik weer normaal deed.

'Ik weet het niet. Ik bel je nog wel.'

Ik rende het huis uit. 'Eline,' fluisterde ik toen ik in de voortuin stond, bang dat Mieke me nog kon horen. 'Eline, ben je er nog?'

'Ja, je zei toch dat ik moest wachten. Zeker je ouders...'

'Ja. Waar ben je?'

'Op het strand,' zei ze. 'In Hoek van Holland. Ik heb onverwacht een vrije dag. Kom je ook? Dan hebben we de hele dag.'

'Ik... Ja, natuurlijk kom ik, maar je moet een uurtje wachten. Ik heb geen geld op mijn ov-chipkaart, dus ik kom met de fiets.'

'O...' Even viel ze stil. 'Jammer dat je geen geld hebt. Maar dat geeft niks. Als ik je maar kan zien. Ik voel me zo alleen. Ik zit vlak bij de paal met het clowntje. Je komt toch echt, lieve Daan? Je kunt je niet voorstellen hoe ik je heb gemist.'

'Ik kom.'

'Heb je echt niet ergens nog een paar euro? Dan kunnen we een cola kopen of zo, want ik ben ook blut.'

'Ik verzin wel iets.'

Ik zette mijn fiets vast en ging het huis in.

'Mijn verfhandschoenen vergeten!' riep ik toen ik langs de woonkamer rende.

Ik sprong met drie treden tegelijk de trap op, op weg naar mijn kamer. Ik moest in plaats van mijn oude, korte jeans en T-shirt met verfvlekken een handdoek en een zwembroek hebben. Toen mijn rugzak omgepakt was, ging ik bij Mieke bedelen.

'Mag ik dertig euro van je lenen?' vroeg ik. 'Ik moet van Sjoerd een blik grondverf kopen. En terpentine, want volgens zijn vader hebben we verschrikkelijk op de raampjes geknoeid.' Ik loog en het deed me niets meer.

Mieke legde de krant op de tafel. 'We moeten gaan afspreken hoe je je schuld gaat aflossen, want het loopt de spuigaten uit,' zei ze. 'Die verfspullen zijn wel ontzettend duur. Hier, vijftig, dan weet je zeker dat je genoeg hebt, maar ik schrijf het bij de rest van je schuld, dat je het maar weet. Je krijgt het toch van Sjoerd terug?'

Het was slechts één biljet, maar het gaf me het gevoel alsof ik ontzettend rijk was. Ik wist wel waarom Mieke het toch had gegeven: ze voelde zich schuldig dat het niet lekker liep tussen ons. Ze durfde geen nee te zeggen, want dan zouden we misschien weer ruzie krijgen.

Ik gaf haar nog een kus, om haar blij te maken, rende naar buiten, sprong op mijn fiets en belde Sjoerd. 'Ik kan niet komen.'

'Ben je ziek?'

'Nee, Sjoerd, luister... Ik moet vandaag naar Eline. Sorry. Ik heb het je beloofd, dat weet ik. Ik help je morgen, de hele dag, echt, maar nu moet ik naar Eline.'

Hij zweeg.

'Sjoerd, sorry! Het is belangrijk voor me, snap je?'

'Eline. Nou ja, goed. Omdat je zo verliefd bent. Tot morgen dan.'

Het verbaasde me. Ik dacht dat hij me zou uitlachen of dat hij boos zou worden.

'Sjoerd? Neem je me in de maling?'

'Ik? Waarom? Omdat ik nooit geluk in de liefde heb? Ik gun het je, hoor.'

'Sjoerd? Als mijn ouders bellen of Bas, dan ben ik bij jou, goed? Dan zit ik op de wc of ben ik naar de Gamma. En dan bel je mij, oké?'

Sjoerd floot. 'Als jij tegen je ouders liegt, dan is het ernstig. Maar ik vind het best, hoor. Ik zie je morgen, *deal?*'

'Ja, morgen, erewoord.'

Toen ik op het strand kwam, had ik geen adem meer. Mijn mond was droog als het zand waarop ik liep en mijn tong voelde aan als een oude spons. Maar dat gaf niet: ik belde Eline dat ik er bijna was en toen ik achter de laatste strandtent richting de zee liep, stond ze bij de paal met het clowntje naar mij te zwaaien. Ik zag haar direct en het kwam niet alleen door dat blauwe haar, maar ook door het feit dat ze als enige op het hele strand een t-shirt met lange mouwen aanhad.

Ze rende naar me toe, omarmde me en zoende me.

'Eindelijk,' zei ze. 'Eindelijk zijn we weer samen. Kom!'

Ik kuste haar. Ik bekeek haar. Zou ik de slapeloze nachten op haar gezicht kunnen zien? Waren die wallen onder haar ogen het bewijs dat ze had gehuild?

'Eline, waar woon je? Bij je vader?' vroeg ik. 'Is het gelukt met die huur?'

Eline schudde zachtjes haar hoofd. Ze moest weer bij de kapper zijn geweest, dacht ik, maar daar had ze geen geld voor, dus misschien verfde ze haar haren zelf, want ze waren heel erg blauw. Hemelsblauw. Niet zo'n hemel als op een zonnige dag aan het strand, maar een mooie avondhemel.

'Móéten we erover praten?' vroeg ze. 'Ik heb geen zin om de dag voor mezelf en voor jou te verpesten.' Ze legde haar hand op haar buik. 'Heb je misschien iets te eten meegenomen?'

Ik sloeg me voor mijn kop. 'Sorry. Nee. Maar ik heb geld. Wat wil je?'

Eline omarmde me stevig en fluisterde in mijn oor: 'Zonder jou zou ik het niet redden.'

Met de armen om elkaar heen liepen we naar de patattent. Elines rugzak bungelde aan haar schouder.

'Waarom sjouw je die altijd mee?' vroeg ik.

'Ach, een gewoonte,' zei ze.

'Nee, vertel eerlijk,' grapte ik. 'Je hebt daar vast een miljoen. Van je werk zeker.'

Eline stond stil, knikte en keek me serieus aan. 'Je hebt me door. Een miljoen. En ik wil nog rijker zijn, daarom leen ik geld van je en daarom geef ik het nooit terug.'

Ze lachte en kuste me. 'Kom, ik heb honger. Patat. Mag het een extra grote zijn?'

'Wat jij wilt. Met ketchup of mayo of allebei?'

'Kan dat? Jij moet tenslotte ook iets eten en we blijven hier de hele dag, toch?'

Ik liet haar de vijftig euro zien en voelde me heel trots toen ze er verbaasd naar keek.

'Geweldig,' zei ze. 'Je bent heel erg slim, Daan. Je kunt altijd aan geld komen. Dat bewonder ik in je, weet je dat? Geld is macht. Veel macht. Met geld kun je alles kopen. Ik wil heel veel geld hebben. Mensen zeggen dat geld niet gelukkig maakt, maar dat is niet waar. Geld maakt wél gelukkig.'

Ik dacht dat ze over het huis en haar vader praatte, dus ik trok haar naar me toe. 'Het komt goed, Eline. Echt waar. Ik zal voor je zorgen.'

'Nee, dat kan niet,' zei ze en ze duwde me zacht van zich af. 'Dat moet ik zelf doen. Je bent nog een kind.'

'Dat is...' begon ik te protesteren, maar ze legde haar vinger op mijn mond.

'Zo bedoel ik het niet, Daan. Ik bedoel dat je zelf nog op school zit en niet werkt en zo... Zulke problemen als ik heb, kun jij niet oplossen. Grote patat, cola en hamburger.'

Die dag was: zee, zand en zon. Die dag had Eline weer dat elfachtige dat ik in Antwerpen in haar zag en waar ik zo gek op was. Misschien kwam het door de blauwe lucht en de donkerblauwe zee dat haar gezicht heel zacht was. Heel meisjesachtig. Heel lief.

De hele dag lagen we dicht bij elkaar. Ik fluisterde in haar oor dat ik van haar hield en niet zonder haar kon. Eline glimlachte. Ze kuste mijn hand.

'Ik ben moe. Ik ga een uurtje slapen. Waak je over mij?'

Ze werd wakker toen de zon al laag stond. Ze gaapte en strekte zich uit.

'Het is koud. Gaan we?'

Ik knikte.

'Morgen weer?'

'Morgen?' vroeg ik. 'Ik heb Sjoerd beloofd dat ik...'

Eline duwde me met mijn rug in het zand, ging op me zitten en bedolf me onder honderden kusjes.

'Alsjeblieft, lieve Daan. Alsjeblieft. Nog een week en dan zit je weer hele dagen op school.'

'Maar Sjoerd... Zonder mij redt hij het niet op tijd...'

Eline wreef met haar handen over mijn hele lichaam. Over mijn borstkas, mijn benen, mijn buik...

'Alsjeblieft, Daan,' fluisterde ze en ze beet zacht in mijn oor.

Ik pakte haar vast en trok haar tegen me aan. Het bloed stormde door mijn hoofd en ik wist zeker dat het rood was.

'Ik bel hem wel,' zei ik.

'Beloofd?' vroeg ze en ze beet me nog een keer.

'Ja ja, beloofd. Maar laat me nog niet los.'

Eline lachte en bleef op me liggen. Ik sloot mijn ogen en probeerde tot rust te komen.

Opeens sloeg Eline zo hard op mijn borst dat ik 'au' riep en daarna kietelde ze me op mijn buik. 'Kom op, het is laat. Ik moet terug, jij niet?'

Op weg naar huis fietste ik langs Sjoerd en vertelde hem dat ik de volgende dag weer niet zou komen.

'Je hebt het beloofd!' riep hij. 'Vincent deed vandaag geen reet met die zachte handjes van hem.'

'Sjoerd, ik help je overmorgen. Echt waar. Ik kom om zeven uur 's ochtends en blijf tot tien uur 's avonds. Ik geef je mijn woord. Maar morgen kan ik niet.'

'Eline?'

'Ja. Eline.'

'Verrader. Bofkont. Ga weg voor ik je uit jaloezie kapotsla. En als je overmorgen niet komt, dan kun je een andere vriend gaan zoeken, hoor!'

Thuis wachtte ik op Bas. Hij kwam pas om halftwaalf binnen.

Ik zat beneden tv te kijken. Mieke en Herman waren allang naar bed.

'Waarom slaap je nog niet?' vroeg hij. 'Is er iets gebeurd? Iets met Eline?'

'Mag ik geld van je lenen?'

'Voor haar zeker? Slaapt ze buiten? Weer dat verhaaltje over haar vader en hun huis en alle andere ellende? Als het waar is wat ze vertelt, waarom accepteert ze de hulp van Julia dan niet?'

Bas ratelde door en ik wist het al: hij geloofde Eline niet meer. Dat kwam allemaal door Julia, die wist altijd alles beter. Zij had Bas tegen Eline opgestookt.

'Dat geld is niet voor Eline. Het is voor mij,' zei ik.

Bas keek me aan alsof ik gek was geworden en lachte kort. 'En dus denk je dat je het wel krijgt? Nou, ik dacht van niet! Je bent me al genoeg schuldig, vind je niet?' Hij liep rustig naar de keuken en zette koffie.

Ik liep achter hem aan. 'Bas, ik heb het écht nodig.'

'En ik leen het je écht niet.'

'Het is belangrijk.'

'Het saldo op mijn bankrekening vind ik ook heel belangrijk.'

'Ik heb geen cent meer. Echt.'

'Ga dan werken als je aan je zakgeld niet genoeg hebt!'

'Maar dan krijg ik niet meteen salaris.'

Bas nam een slok koffie. 'Waarvoor moet je het hebben?'

'Ik wil morgen naar het strand, het is mijn laatste vakantieweek.'

'Neem dan brood mee van huis. En een fles cola. Hier heb je vijf euro, voor een ijsje.'

'Rot op met je ijsje!'

'Niet zo geïrriteerd, oké?' zei mijn broer. 'Je hebt niks te eisen, ik ben jouw spaarbank niet. En ik heb je al gezegd dat je een baantje moet zoeken. Eigen schuld, dikke bult.'

'Maar ik heb het echt nodig!'

'Dimmen, ja? Ik heb je de laatste weken genoeg geholpen.'

'Ik ga werken, echt, ik beloof het je. En je hebt overal gelijk in, maar daar heb ik nu niks aan. Help je me?'

Bas keek zette zijn beker in de vaatwasser. 'Zorg voor je eigen zaken en maak geen bende van je leven, dan hoef je ook niet om hulp te smeken.'

Het leek alsof ik Mieke en Herman hoorde preken. Toen Bas waarschuwend zijn vinger omhoogstak, werd het me te veel en ik sprong naar hem toe.

'Klootzak!' riep ik. Ik sloeg hem tegen zijn arm. 'Anders zeg je dat ik altijd naar je toe kan komen, dat je me altijd zult helpen, en nu vraag ik je een keer iets, en dan... en dan... laat je me stikken! Dan niet, rot maar op!'

Bas pakte mijn arm zo hard vast dat het pijn deed, maar ik gaf geen kik.

'*Quiet*, ja? Anders wordt Mieke wakker en dat wil je niet.'

Ik rukte mijn arm los en ging naar mijn kamer. Ik moest geld hebben. Het móést! Aan Sjoerd kon ik het niet vragen, hij had al helemaal zero.

Opeens wist ik het. Als er niemand was die me wilde helpen, dan haalde ik toch geld van mijn spaarrekening? Het mocht niet, maar niemand zou het zien. Mijn ouders stortten er wel geld op, maar controleerden nooit hoeveel er precies op stond. Ik zou alles terugstorten, als ik een baantje had.

Ik wachtte tot Bas naar bed was gegaan, glipte naar beneden en pakte uit de kast de map met de inlogcodes en wachtwoorden van onze spaarrekeningen. Ik scheef de gegevens van mijn rekening over, borg de map terug, ging weer naar mijn kamer en logde moeiteloos in. Op mijn normale rekening had ik amper dertig cent. Op mijn spaarrekening: zesduizend achthonderdachtentachtig euro. Ongelofelijk veel geld. Waarschijnlijk kon ik er een halfjaar de huur van Elines huis mee betalen. Of nog meer.

Het duurde een tijdje voor ik had besloten hoeveel geld ik wilde overmaken. tweehonderdvijftig werd het. Ik twijfelde nog voor ik op 'opdracht verzenden' klikte. Ik deed mijn ogen dicht en probeerde het gevoel dat het niet goed was wat ik deed te negeren. Het was wel mijn geld, maar niet voor nu. Daar waren afspraken over.

En toen zag ik Eline voor me.

Driehonderd. Dat was goed.

16

's Ochtends, voor mijn afspraak met Eline, ging ik geld pinnen. Trots op mezelf haalde ik zes briefjes van vijftig uit de automaat. Het waren vijf nieuwe briefjes, nog nooit gebruikt, en één oud biljet, waarop iemand in lelijke cijfers '1000' had geschreven. Die vijf nieuwe biljetten voelden glad en schoon en ze roken naar het scheikundelokaal. Het oude rook naar vieze handen en naar een volle vuilniszak. Ik stopte het geld in mijn portemonnee en reed naar onze ontmoetingsplek.

Eline kwam bijna een halfuur te laat. Dat was ik al gewend, dus ik maakte me geen zorgen. Pas toen ik haar zag, werd ik onrustig: ze zag eruit alsof ze de hele nacht niet had geslapen.

Ik omhelsde haar en kuste haar op haar hoofd. 'Weer problemen?'

Ze liet haar armen langs mijn rug hangen, zo slap als een pop. Ze knikte alleen en trok haar lange mouwen omlaag.

'Heb je het koud?' vroeg ik verbaasd, want het was warm. Misschien een beetje kouder dan de vorige dagen, maar nog steeds warm.

Ze knikte weer. Ze keek me niet aan.

'Wil je... Misschien...' Ik wist niet hoe ik het haar vragen moest. 'Vertel me... Eline, wat is er écht aan de hand? Want weet je, dat geld...'

Ze schudde heftig haar hoofd en maakte zich van me los. 'Ik wil je niks vertellen. Ik wil er helemaal niet over praten! Dus als je onze dag niet wilt verpesten, vraag dan niks, goed?' Ik schrok, ze klonk zo boos.

'Maar ik bedoel er niks...'

'Ik snap het, hoor! Iedereen wil zijn geld terug, dus jij ook. Iedereen is gek op poen.' Ze graaide in haar tas. 'Hier, kijk, die stomme vijfennegentig euro van je. Hier, pak maar!' Ze greep mijn hand en duwde er een rol biljetten in. 'Nu heb ik nog meer schulden, maar geef dat geld maar aan je pappie en mammie.'

Ze draaide zich van me af en trok haar schouders zo hoog op dat haar hoofd ertussen leek te verdwijnen.

Ik wierp een blik op mijn hand en wist ik niet waar het idee vandaan kwam dat het precies dezelfde biljetten waren die ik haar ooit had gegeven. Die groenige vlek op de vijftig euro... Dat was natuurlijk onmogelijk: ze had toen toch met dat geld de huur betaald? Ze had gelijk – mensen denken alleen aan geld en ik was niet beter dan de anderen.

'Ik hoef dat geld niet,' zei ik. 'Ik heb zelfs nog extra geld gepind, voor als je het nodig had. Sorry.'

Ik raakte haar schouder aan, maar ze schudde mijn hand van zich af.

Ik probeerde haar het geld te geven, maar ze duwde mijn hand weg.

Ik wilde haar kussen, maar ze trok haar hoofd opzij.

Niks van wat ik deed was goed en ik voelde me een domme ellendeling.

Het duurde nog een uur voor ze weer met me praatte. In die tijd hadden we zo'n stuk gefietst dat ik niet meer wist waar ik

was. Ergens op het platteland, dat wist ik wel. Tussen boerde-
rijen en opgedroogde sloten, tussen akkers en bomen. Daar
pas begon Eline normaal te doen. Ze keek me weer aan, lachte
naar me en draaide haar gezicht naar de zon.

'Lekker,' zei ze. 'Toch, Daan? De zon is zo lekker.'

'Ja, heerlijk.' Ik was zo blij dat ze weer tegen me praatte dat
ik elk woord van haar zou bevestigen, niet alleen zoiets van-
zelfsprekends.

'Heb je geen zin om nog meer van je leven te genieten als
de zon schijnt?'

'Genieten van het leven?' Als Eline zulke moeilijke vragen
stelde, dan maakte ik me zorgen of ik goed genoeg was voor
haar, want ik dacht nooit aan zulke zaken.

Eline keek me aan alsof ze een antwoord verwachtte en door
mijn zwijgen teleurgesteld was. Opeens grinnikte ze en ze
zette zo'n sprint in dat ik het pas besefte toen ze al meters bij
me vandaan was. Ik ging op de pedalen staan en scheurde achter haar aan, maar ik verwachtte niet dat zo'n klein, slank
meisje zo snel kon fietsen. Ik begon eindelijk in te lopen, toen
ik zag dat ze ergens naar beneden fietste.

'Eline,' riep ik. 'Wacht!'

Ze keek niet eens om. Ze stak haar hand omhoog, zwaaide
en verdween in een dal. Ook al was het bijna onmogelijk, ik
ging nóg sneller fietsen en toen zag ik haar. Ze fietste naar beneden en was amper een meter of twee verwijderd van een
drukke vierbaansweg.

'Eline!' riep ik geschrokken. 'Stop!'

Ze stopte niet. Ze stak haar benen en handen in de lucht
alsof ze expres geen controle wilde hebben over wat er ging gebeuren. Van rechts en van links kwamen auto's, maar Eline
keek er niet eens naar. Ze reed dwars over die vier banen alsof

niet alleen die weg, maar de hele wereld van haar was.

Ik was nog niet eens op de helft van de helling. Ik kon haar niet redden. Doodsbang riep ik: 'Eline! Eline!'

Een oude, witte Mercedes was slechts een paar meter van haar verwijderd.

Ik remde, schreeuwde, sloot mijn ogen en wachtte op de klap.

Getoeter. Van alle kanten. Ik wachtte op geschreeuw. Ik wilde mijn ogen niet openen. Ze lag daar, ik wist het zeker, ze was dood. Maar geschreeuw was er niet. En ook geen stilte, zoals in films op zo'n moment. De auto's reden door en toeterden zoals daarvoor.

Ik opende mijn ogen.

Eline was aan de andere kant van de weg en daar liet ze zich, hard lachend, op het gras vallen.

Ik zette mijn voeten op de pedalen en ging fietsen.

Mijn hart klopte alsof ik in een achtbaan twintig keer over de kop was gegaan.

Ik wilde niet rechtdoor naar de andere kant. Ik wilde stoppen en afstappen, wachten tot er geen auto aankwam en dan oversteken. Dat wilde ik, maar ik kon niet meer. Ik kon niet meer remmen. Tenminste, dat gevoel had ik. Ik moest die verschrikkelijke weg op dezelfde manier oversteken als zij.

Maar ik stak mijn benen niet in de lucht. Ik versteende en het leek of de tijd ook versteende. Zo moet het voelen als je bij een ongeluk betrokken bent: alles gaat heel snel en heel langzaam tegelijk. Ik zag een vrachtwagen van links komen. Ik zag een rode auto met erachter een motor en toen weer een auto van rechts komen. Ik moest ze allemaal voor zijn. Ik omklemde het stuur zo vast dat het pijn deed, ik sloot mijn ogen en hoopte dat ik die avond heelhuids thuis zou komen.

Ik voelde een schok toen de fiets van het gras op het asfalt kwam. Nu, dacht ik, nu ga ik dood.

Ik hoorde getoeter en piepende banden. Ik hoorde geschreeuw, ik weet niet van wie, maar het zou me niet verbazen als ik het zelf was.

En toen was ik opeens aan de andere kant, naast Eline. Ik voelde hoe de fiets van het asfalt op het gras kwam en een stukje gleed.

'Je hebt het gedaan!' riep ze.

Toen pas durfde ik mijn ogen te openen.

Ze stond op, pakte mijn hoofd met beide handen vast, kuste me lang en zei: 'Zeg nou zelf, is het niet geweldig? Dan voel je dat je leeft, toch?'

Ik was nog zo bang dat ik geen woord kon zeggen.

'Kom, we moeten hier weg voor de politie komt,' zei Eline.

'Politie?' Het verbaasde me dat ik nog kon denken en praten.

'Ja, politie. Ik weet zeker dat een van die automobilisten de politie gaat bellen. Dat doen ze altijd.'

Pas veel later drong het tot me door dat ze het al vaker gedaan moest hebben.

Eline sprong op haar fiets, zwaaide naar de geïrriteerde bestuurders en gebaarde dat ik moest opschieten. Ik durfde haar niet te zeggen dat mijn knieën nog steeds knikten.

'Hier,' zei ze toen we achter een boerderij kwamen. 'We nemen deze weg, want daar komt de politie niet zo snel: aan beide kanten staat een paal midden op de weg, dus ze moeten omrijden. Een stuk verderop, daar bij dat bosje, staat een patattent.' Ze wees, maar ik zag alleen een groepje bomen en verder niets.

'Weet je het zeker?'

'Ja, heel zeker. Kom, ik heb honger.'

Toen we bij het bosje aankwamen, zag ik dat er een stukje verderop een meer was, die dag bezet door tientallen surfers. En ja, er was een patatkraam. Ik wilde dat we er samen naartoe zouden gaan om iets te bestellen, maar Eline had een ander plan.

'Ga daar zitten,' zei ze en ze wees naar een houten bank. 'Ik ga alles halen. Wat wil je?'

'Patatje oorlog, een broodje bal en een cola.'

Ze knikte en bleef staan.

'Dat is alles. Ik hoef verder niks,' zei ik.

Eline keek me zo raar aan dat ik me ongemakkelijk ging voelen.

'Wat is er?' vroeg ik. 'Moet ik gaan?'

'Ja, en koop dan iets voor jezelf, want ik heb geen geld en dat weet je.'

Toen begreep ik pas waarop ze wachtte. Ik pakte mijn portemonnee en gaf haar de vijftig euro met het getal '1000' erop en tegelijk die vijfennegentig euro die ze 's morgens in mijn hand had geduwd. Ik legde het geld in haar handpalm en daarna boog ik haar vingers eroverheen. Ik zei niets en zij zei ook niets. Het leek of ze niet eens naar haar hand keek, maar naar mijn portemonnee: de briefjes van vijftig staken er een beetje uit. Ze vroeg zich zeker af waarom ik het goed had en zij niet. Ik schoof de portemonnee in mijn broekzak en toen stond ze op.

'Patatje oorlog, broodje bal en cola,' herhaalde ze.

'Wat neem jij?'

'Dat zie ik nog wel. Blijf maar op mijn spullen passen, er lopen hier altijd vreemde vogels.'

Op weg naar de kraam rolde ze de pijpen van haar broek op, maar niet de mouwen van haar shirt. Heel vreemd, vond ik, dat ze het niet bloedheet had. Ik stikte bijna in de warme, vochtige lucht.

Bij de kraam begon ze een gesprek met de verkoper, ook al stonden er twee andere mensen te wachten. Ze zei iets grappigs, de verkoper lachte. Een student, dacht ik, want hij leek op Bas' vrienden: ook zo stoer en vlot, en met dat 'ik ben geweldig' op zijn gezicht waar ik soms zo jaloers op was.

Hij en Eline bleven lang praten, zelfs toen onze bestelling al klaar was. Ik zat eenzaam op de houten bank tussen onze rugzakken, keek hoe ze naar elkaar lachten en wist bijna zeker dat ze elkaar kenden.

Pas toen alle andere klanten weg waren, stak de jongen zijn hand in de kassa en gaf het wisselgeld aan Eline.

Eline kwam terug en stalde ons eten uit op tafel. Ze had ongelofelijk veel patat en pindasaus gekregen. Bovendien waren onze hamburgers overladen met sla en tomaten.

'Ken je hem?' vroeg ik en ik wees naar de verkoper.

'Waarom?'

'Jullie hadden het erg gezellig.'

Eline lachte en gooide een frietje naar me toe. 'Je bent toch niet jaloers?' Ze stak haar hand naar me uit: 'Hier, geld terug.'

Net iets minder dan veertig euro was het. Het eten dat op tafel lag, kostte vast meer dan ze ervoor had betaald, maar als Eline bij mij iets zou hebben gekocht, zou ze ook een extra grote portie krijgen. Ik kon die jongen geen ongelijk geven.

'Bedankt,' zei ik. 'Dus je kent hem niet?'

'Wie?'

'Die jongen.'

'Daan, waar gaat dit over? Je wilt toch niet alles tussen ons verpesten? Want ik haat het als iemand bezitterig wordt.'

'Nee! Maar... Ik weet niets van je. Helemaal niets! En soms...

soms heb ik het gevoel dat er dingen zijn...'

Eline ging op mijn schoot zitten en legde haar hoofd op mijn schouder.

'Ach, Daan,' begon ze. 'Weet je... Ik heb geleerd om zo weinig mogelijk over mezelf vertellen, daarom denk je dat er meer is. Maar het is niet zo. Echt niet. Jij en ik, dat is alles. En nu eten. Ik heb honger.'

Rollebollen tussen de struiken aan de oever van de plas. Achter elkaar aan rennen tussen de bomen. Verstoppertje spelen, alsof we kleine kinderen waren, om elkaar te vinden en daarna minutenlang niet los te laten. Elkaar kussen en voelen. Dat was wat we deden.

We lagen in elkaars armen, toen haar telefoon ging.

'Laat toch gaan,' zei ik, maar ze duwde me weg, keek op het schermpje en stond op.

'Ja, wat is er?' vroeg ze. De man die haar belde – ik hoorde heel goed dat het een man was – praatte snel en hard. Ik kon zijn woorden niet verstaan, maar het klonk dringend.

Eline ging verder van me af staan. Ze luisterde en soms zei ze kort iets: 'Ja. Ik heb het. Doe ik.'

Toen zette ze de telefoon uit en zei: 'Ik moet weg. Werk.'

Ik stond op. Ik snapte dat ze moest werken. Ik protesteerde niet.

We verzamelden onze spullen en gingen terug naar de bank waar onze fietsen stonden.

'Eline, wat voor werk doe je eigelijk?' vroeg ik. 'Zou ik het ook kunnen doen? Ik wil ook werken.'

'Jij? Dat werk dat ik doe? Nee, dat is niks voor jou. Vergeet het.'

'Maar...'

'Ik zei nee,' zei ze scherp. 'Welk deel van nee snap je niet?' Ze keek me boos aan, dus ik hield mijn mond dicht.

Toen we langs de kraam fietsten, zwaaide de patatjongen naar Eline en riep: 'Top! Volgende keer hetzelfde!'

Eline stak haar hand omhoog en zwaaide.

Ik vroeg niet wat hij bedoelde.

Bij de rotonde, waar ze dacht dat ik de andere kant op zou fietsen, stopte ze, kuste me en zei: 'Sorry, ik was onaardig tegen je, maar geloof me, je wilt mijn werk niet doen, Daan. Het is heel zwaar wat ik doe.' Ze kuste me nog een keer. 'Ik bel je snel. Doeg.'

Ik stalkte haar niet. Ik zag haar toevallig, want toen ik bijna thuis was, besloot ik om toch naar Sjoerd te gaan. We konden nog een uurtje of twee schilderen.

Ik zag haar voor het Museumpark. Ze stond er met een man. Uit haar rugzak, die ze altijd bij zich heeft, pakte ze een bruine envelop en ze gaf die aan hem. Hij opende hem, stopte zijn hand erin en bekeek de inhoud.

Geld.

Hij knikte en toen wees hij naar Eline, bracht zijn hoofd dicht bij het hare en sprak haar toe. Het zag eruit alsof hij haar terechtwees. Alsof ze iets niet goed had gedaan. Ze liet haar hoofd hangen en zei niets terug.

Ik fietste door, bang dat ze me misschien zou zien.

Alles in mijn hoofd tolde en draaide door de vragen die ik had. Wie was die man? Wie was Eline? Wat deed ze?

Ik had niemand om erover te praten. En dat was misschien het allerergste.

17

We hadden in het centrum van Rotterdam afgesproken, voor de Pathé-bioscoop. De plassen van het noodweer van 's nachts waren bijna opgedroogd. 's Ochtends hoorde ik op tv dat het de laatste warme dag zou zijn. Tijdens de nacht zou de temperatuur tien graden kelderen door het koufront dat vanuit IJsland of Groenland onze kant op kwam.

Zoals altijd moest ik wachten. Uit verveling jaagde ik de duiven weg, tot woede van een oude, gerimpelde vrouw.

'Rotjongen,' sneerde ze. 'Hou je poten in je zakken en zwaai er niet zo mee, want dan schrikken ze!'

Ik keek op mijn horloge en vroeg me af hoe lang het dit keer zou duren. Ik besloot om een hamburger bij de Mac te gaan halen en toen ik een paar minuten later terugkwam, stond Eline op de afgesproken plek, met haar mondhoeken naar beneden.

'Waar was je?' vroeg ze.

Ik liet haar de hamburger zien. Ik had er pas één hap van genomen. 'Wil je ook? Dan halen we er nog een.'

Ze schudde haar hoofd. 'Nou, nee. Ik heb niet zo'n zin in eten.'

'Je huis?'

'Nee. Problemen op mijn werk.'

Ik zei niets over die man voor het Museumpark. Ze zou me niet vergeven dat ik haar had gezien, dat wist ik heel zeker.

We fietsten naar de andere kant van het water, richting Charlois, en daarna naar de Waalhaven. We kwamen langs grote containerschepen en opslagplaatsen en ik vroeg me af wat Eline daar wilde doen. Opeens, helemaal onverwacht, kwamen we bij een soort parkje aan, met gebouwen erin.

'Wat is dat?' vroeg ik.

'Oude quarantainegebouwen.'

'Wat moeten we hier?'

'Op het strand liggen.'

Ik geloofde haar niet – een strand, hier, midden in een haven. Eline moest verdwaald zijn, het kon niet anders. Quarantainegebouwen, dat kon nog. Zeker van vroeger, toen het Tropenziekenhuis er nog niet was. Maar een strand, tussen al dat beton en ijzer?

Maar ik had ongelijk, want we kwamen op een heel klein zandstrandje terecht. Er was maar één gezin: moeder, vader en twee kleine jongetjes.

Eline ging op een boomstam zitten. Ze zette haar ellebogen op haar knieën, leunde met haar kin op haar handen en bekeek een schip dat net langs voer.

'Ik dacht dat je me in de maling nam met dat strand,' zei ik.

'Dat is maar goed ook, dat je niet alles gelooft,' zei ze. 'Mensen zijn niet te vertrouwen – neem dat van mij aan. Ze liegen niet om je te kwetsen of zo. Ze liegen om zichzelf te beschermen. Om zelf niet gekwetst te worden. Ik weet niet hoe ik het aan je moet uitleggen...'

Ik ging naast haar zitten en wilde haar hand pakken, maar ze trok de mouwen over haar vingers en hield ze stevig vast.

Ik wreef over haar rug en vroeg: 'Eline, waar gaat het over? Ik zei alleen iets over het strand en zo. Ik bedoelde er verder niks mee.' Ik probeerde mijn stem rustig te houden, maar hij trilde: ik was bang dat ze me de dag ervoor toch had gezien.

Ze schudde ongeduldig haar hoofd. 'Nee, nee. Je moet luisteren, Daan. Je moet niet iedereen geloven. Echt niet. Sjoerd niet, jouw broer niet en mij ook niet. Dat is wat ik heb geleerd. Mensen zijn zwak. En dom. Iedereen. Maar soms komt het gewoon zo uit dat ik... Dat alles wat ik kan... Dat ik niet anders kan dan...'

Ze zuchtte diep. Ze klonk serieus. Zo serieus dat ik een beetje bang werd. Zou ze het willen uitmaken? Dat zou ik niet overleven!

Ze keek me aan, kuste me en vroeg: 'Heb je iets te eten bij je? Ik heb toch honger.'

Ze at beide stukken van de brownie op die Mieke de avond daarvoor had gebakken en daarna viel ze op het zand in slaap.

Ik zat met mijn rug tegen de boomstam naar de Spido-boten te kijken. Ze waren vol: elke plek op het bovendek was bezet. Volwassenen zaten te zonnen op de banken of bekeken de oevers door een verrekijker, kinderen zwaaiden naar mij of misschien naar de twee kleuters, die naast mij naar schelpen zochten. Het water kabbelde tegen het zand aan en mijn oogleden begonnen dicht te vallen. Ik viel bijna in slaap, maar schrok net op tijd wakker. De rugzak van Eline was op de grond gevallen.

Ik raapte de spullen die eruit waren gevallen op: een notitieboekje, een kleine portemonnee, haarspelden, een make-uptasje, een papieren zakdoekje en nog een pakje zakdoekjes, dat raar aanvoelde. Ik wilde het al in de tas gooien, toen ik zag dat er biljetten in zaten. Ik trok ze eruit. Zo veel geld had ik nog nooit in mijn handen gehad. De biljetten waren strak opgerold en met een elastiekje samengehouden. Ik rolde het elastiekje eraf en spreidde het geld in mijn handen alsof het speelkaarten waren. Het vijftigeurobiljet, met het getal '1000' in hoekige cijfers, was er ook bij.

Ik keek naar Eline en weer naar het biljet en wilde haar vragen hoe het mogelijk was dat ze die vijftig euro nog had nadat ze de patat had betaald, maar ze sliep nog.

Zonder na te denken begon ik de biljetten te tellen. Honderd, tweehonderd, vijfhonderd, duizend, tweeduizend... Ik telde alleen de briefjes van vijftig en honderd. De briefjes van tien, twintig en vijf liet ik erbuiten – er waren er zoveel van.

Ik was verbijsterd en probeerde te bedenken wat het allemaal betekende, toen Eline het geld uit mijn hand griste.

'Blijf af,' riep ze zo hard dat een van de jongetjes begon te huilen en naar zijn ouders rende.

Een tieneurobiljet viel uit haar hand en dwarrelde richting het water. Eline rende erachteraan, viste het uit het water – gretig alsof het een miljoen was – en stopte het in haar rugzak.

'Wat moet je met mijn spullen?' riep ze. 'Controleer je wat ik bij me heb en wie ik ben? Het gaat je helemaal niks aan!' Ze had tranen in haar ogen, en haar handen en stem trilden.

'Ik doe niks! Je rugzak was van de boomstam gevallen, dus ik raapte je spullen op.'

'Ja ja, natuurlijk! Gevallen! En wat doet mijn geld in jouw handen?' Ze pakte de lipstick en de kam van het zand en rende weg.

'Maar ik deed niks!' riep ik.

'Alles is verpest! Alles,' schreeuwde ze.

Ik rende achter haar aan en pakte haar vast. Ze probeerde zich los te rukken, maar ik hield mijn armen stevig over de hare en ze kon geen kant op. En toen schopte ze me tegen mijn scheen. Heel hard. Zo hard dat ik haar losliet en naar mijn been greep.

'Je eigen stomme schuld!' riep ze nog toen ze al op haar fiets zat. 'Ik zei je toch dat je niet te veel moest willen weten!'

Toen ik eindelijk weer rechtop kon staan, was Eline al ver weg.

Ik wist dat ik, als ik haar ooit nog wilde zien, haar in moest halen. Ze kon wel heel snel fietsen, maar ik zette de achtervolging in. We fietsten, op een paar honderd meter afstand van elkaar, langs schepen, havenkranen en hoge hekken, tussen magazijnen en opslagplaatsen. Het was zondag – nergens zag ik een mens lopen of werken.

Ik dwong mezelf tot het hoogst mogelijke tempo, ook al deden mijn benen pijn. De afstand tussen ons werd steeds kleiner.

Opeens reed ze naar een ijzeren pilaar die deel uitmaakte van een groot skeletachtig bouwwerk, liet haar fiets in het gras vallen en verdween.

Mijn banden piepten toen ik remde. Ik gooide mijn fiets naast die van haar en dook de struiken in.

'Eline,' riep ik. 'Eline, kom terug. Alsjeblieft! Ik geloof je. Hoor je, ik geloof je!'

Ik stopte met lopen en met roepen en luisterde. Geen gebroken takje, geen voetstappen. Helemaal niets. Alleen die dichte, groene struiken voor me en een enorme ijzeren constructie achter me.

'Eline!'

Weer niets.

Waar had ze zich verstopt? Waar was ze verdwenen?

Iets kraakte. Het kwam van de wegkant.

Ik rende terug. De fietsen lagen nog steeds in het gras.

Het geluid stopte en toen hoorde ik het weer. Het kwam van boven.

Ik keek omhoog. Aan de achterkant van de pilaar stond Eline op een soort ladder. Ze was al ver, nog een klein stukje hoger klimmen en ze zou op de balk boven de pilaar zitten.

Ik aarzelde voor ik mijn voet op de eerste sport zette. Ik hou niet zo van hoogte.

'Eline,' riep ik. 'Kom naar beneden. Alsjeblieft? Er is toch niks gebeurd?! Sorry dat ik aan je geld zat, maar jij doet ook zo geheimzinnig. Dat is toch allemaal geld voor jouw huis, toch? Of van je werk, niet waar? Ik geloof je!'

Eline was al op de balk en ze liep steeds verder bij me vandaan. Ik slikte. Die balk was wel breder dan de evenwichtsbalk in de gymzaal, maar toch... Er was geen leuning, er was geen steun, er was niks, alleen lucht en die kun je niet vastpakken.

'Eline!' riep ik.

Dat was dom. Je moet nooit roepen als iemand iets gevaarlijks doet. Eline verloor haar evenwicht, ze wankelde en zwaaide met haar armen en ik wilde om hulp roepen, maar zag niemand en bovendien was ik bang dat ze van schrik echt naar beneden zou vallen.

Opeens stond ze weer rechtop en ging verder, zonder zelfs maar één keer naar mij gekeken te hebben.

Het was een lange balk, met om de tien meter een pilaar eronder. Hij eindigde aan de andere kant van een hoog hek en ging daar over in een ladder naar een nog hoger liggende balk. Ik trilde. Een paar jaar daarvoor waren Herman, Mieke en ik in de Alpen geweest om te klimmen. Ik wist nog goed hoe ik van een stuk rots af gleed en in de lucht aan een touw bleef hangen. Verschrikkelijk was dat, ook al hing ik niet hoog. En hier waren geen touwen, geen ouders en geen coach die me vertelde wat ik moest doen.

Eline liep steeds verder en ik wist niet wat ze van plan was.

'Eline,' riep ik zo rustig mogelijk. 'Ik kom!'

Klimmen ging heel makkelijk en zelfs de eerste stappen op de balk had ik niet heel slecht gedaan. Pas toen ik een paar meter bij de eerste pilaar vandaan was en besefte dat ik niets had om vast te pakken, maar wel zo'n vijf meter boven de grond stond, ging het mis. Mijn benen wilden niet meer. Alsof ik er geen botten in had, zo slap waren ze. En zwaar, zo zwaar zelfs dat ik ze niet op kon tillen. Ik keek naar mijn voeten en zag het grijze, betonnen vlak eronder en in mijn verbeelding viel ik en mijn hoofd kwam tegen de pilaar aan en dan...

'Niet naar beneden kijken!' riep Eline.

Ze stond met haar gezicht naar mij toe en met haar rug tegen de ladder. Ik deed een stap en voelde dat alles om me heen draaide.

'Kijk naar mij, Daan!'

Ik keek haar aan en tegelijk besloot ik om te gaan zitten. Staan kon ik niet meer, anders zou ik naar beneden storten, dat wist ik zeker.

'Niet doen! Daarna kun je niet meer opstaan, geloof me! Je moet doorlopen. Kijk recht naar mij. Doe je armen opzij. Als je zo stijf blijft, dan wordt het alleen maar slechter. Je moet vertrouwen op jezelf. Die balk is echt breed genoeg om over te lopen.'

Ik ademde langzaam in en uit, en keek naar Eline. Ze stak haar hand naar mij uit, maar als ik haar vingers wilde aanraken, moest ik nog een heel stuk doorlopen. Ik deed een stap naar voren. Dat was de enige mogelijkheid – om terug te lopen zou ik moeten omdraaien en dat durfde ik al helemaal niet.

Ik deed nog een stapje en nog een.

Eline stond toe te kijken en zei niets.

Ik deed weer een stap. Mijn benen trilden en ik wapperde

met mijn armen als een gekke dodo met zijn vleugels.

Voor mijn gevoel duurde het wel een uur voor ik bij Eline was. De laatste meter hield ik haar vingers vast, daarna haar handen, haar armen, haar ellebogen. En toen was ik zo dichtbij dat ik de sporten van de ladder achter haar met beide handen vast kon pakken.

De eerste minuten kon ik geen woord zeggen. Mijn hart bonkte in mijn hoofd. Pas na een tijdje kwam ik op adem. 'Zeg maar tegen mijn ouders dat ik hier blijf wonen, want ik ga echt niet terug!' zei ik.

'Je zult wel moeten,' zei Eline. 'Ik dacht dat ik hier omhoog kon, maar het is afgesloten.' Ik keek omhoog naar de plek die ze aanwees. Er hing een groot slot op het hekwerk.

Ik schudde mijn hoofd. 'Ik ga niet terug,' zei ik.

Eline knikte. 'Jouw beslissing. Maar hoe wil je dan naar beneden?'

'Helemaal niet. Ik heb hier een mooi uitzicht.'

''s Nachts val je eraf,' zei ze. 'En anders moet je je vastbinden. En bovendien: wat ga je eten en drinken?'

'Als ik 's nachts naar beneden val, dan sterf ik in mijn slaap. Dat vind ik best prettig.'

Eline stond nog steeds ingeklemd tussen mij en de ladder, en ik kuste haar. Dat was het allerlaatste wat Eline en ik op dat moment hadden verwacht, maar ik deed het echt. Eline sloeg haar armen om me heen, trok me naar zich toe en zoende me terug. Ik stond niet makkelijk, ik was bang, ik kon het beeld van het harde beton onder ons niet loslaten en toch was het mijn allerbeste kus.

Eline maakte een tevreden geluid. 'Dat was heel goed,' zei ze. 'Kus je altijd zo als je bang bent?' En toen kuste ze me lang in mijn nek en ik kreunde van genot.

We gingen zo in elkaar op, dat we niks om ons heen zagen.

'Beweeg je niet en wacht op hulp!' klonk het opeens. Ik schrok, maar ik hield nog steeds de ladder achter Eline vast, dus ik durfde rond te kijken. Aan de straatkant van het hek stond een politieauto. Eén agent was uitgestapt, de andere, een vrouw, zat binnen en praatte met iemand over de radio.

'Shit,' riep Eline. 'Dat had ik nog nodig: politie op mijn nek. Wat een kutdag!'

'Zo erg is het toch niet? Ze halen ons naar beneden en laten ons gaan.'

'Ja, maar eerst gaan ze vragen stellen.'

'Wat is daar zo erg aan?'

'Ah, Daan. Je bent zo naïef. Dan moet ik ze mijn ID-kaart laten zien!'

'Ik heb mijn ID-kaart ook niet bij me.'

'Daar gaat het niet om!' zei ze geïrriteerd.

'Waar gaat het dan wel om?' vroeg ik, want ik snapte niet waarom ze zo bang en gepikeerd was.

Eline hield haar hoofd een beetje schuin en keek me aan alsof ik iets heel doms had gezegd. 'Weet je, Daan? Soms denk ik dat je niks wilt weten. Helemaal niks van de echte wereld. Dat je voor altijd wilt geloven in dat perfecte droomland dat je ouders voor je hebben gemaakt. Maar ja, je bent nog zo jong. Je hebt in je leven nog niks ergs meegemaakt en jij weet nog helemaal niet...'

Haar woorden werden onderbroken door een sirene. Het was een brandweerauto, die in onze richting reed.

'Is het voor ons?' vroeg ik.

'Zie je ergens brand? Of een kat in een boom?'

Zonder na te denken keek ik rond en daarna schudde ik mijn hoofd. 'Nee, natuurlijk niet. Dom van me. Ze komen ons halen. Lachen. Ergens vind ik het heel tof. Jij ook?'

Eline knikte. 'Ja. Heel erg grappig, hoor. Kun je vanavond aan al je vrienden vertellen. Door de brandweer gered en door de politie naar huis gebracht. En daarna kun je mij in een cel opzoeken,' zei ze cynisch.

Een schok ging door me heen. Ik weet het, dacht ik, nu weet ik eindelijk hoe het allemaal in elkaar zit.

'Eline... Word je gezocht? Ben je... weggelopen?'

'Ja ja,' onderbrak ze me. 'Je kunt mijn naam op de site van vermiste personen vinden, wist je dat nog niet?'

De brandweerwagen stond al stil en de lange ladder met een bakje werd uitgeschoven. Binnen een minuut stonden twee brandweermannen zo'n vijf meter bij ons vandaan. Door de pilaar konden ze het bakje niet dichterbij krijgen. We moesten dus een stukje over de balk lopen. De brandweerman gooide een touw met een soort gordel naar ons.

'Aandoen! Ja, hier je ene been en daar je andere. En dan sluiten. Ja, die lus, goed zo. En nu lopen. Gaat het?'

Ik knikte, pakte het uiteinde van de stok die de brandweerman in zijn handen hield en voorzichtig liep ik zijwaarts, voetje voor voetje, tot ik het hek van het bakje vast kon pakken en erin kon stappen.

'Nu de dame,' zei de brandweerman.

Hij gooide het touw met de veiligheidsriem naar Eline, maar ze vertikte het om hem te vangen. Ze ging lopen en ze stak niet eens haar armen uit. De brandweerman riep dat ze moest blijven staan, dat ze naar hem moest luisteren, dat het gevaarlijk was, maar als Eline iets wil, dan is er niemand die haar kan stoppen. Snel, alsof ze gewoon op de grond liep en niet op zo'n vijf meter hoogte, kwam ze naast het bakje staan.

'Naar binnen, jij,' zei de brandweerman boos.

Eline liet het zich geen tweede keer zeggen. Ze stapte het bakje in en glimlachte naar mij.

'Je hebt toch je zin gekregen,' zei ze.

'Hoezo?'

'Je hoefde niet terug te lopen,' zei ze en ze blies haar haar omhoog. Haar voorhoofd zat onder de kleine zweetdruppels. Ze wreef erover met de mouw van haar T-shirt en daardoor verschoof de mouw. Ik schrok. Haar arm zat onder de blauwe plekken. Sommige stukken waren donkerblauw, bijna zwart, andere geel of groen. Heel snel liet ze haar arm zakken en trok de mouw omlaag. Ze wist dat ik het had gezien, dat zag ik aan haar gezicht, en ze was er niet blij mee. Ze wierp een blik op de brandweerman, maar hij lette niet op ons. Hij drukte op een knopje en het bakje begon te zakken.

Toen Eline en ik op de grond stonden, kregen we beiden een fles water in onze handen geduwd.

'Vertel, hoe lang hebben jullie boven gestaan?' vroeg een van de brandweermannen.

'Lang. Ik was al bang dat we hier zouden moeten overnachten,' zei Eline. 'Bedankt.'

De brandweerman glimlachte breed. 'Graag gedaan, hoor, graag gedaan. Ik ga je niet vragen wat jullie daar deden, dat is meer iets voor die andere dienst,' zei hij en hij wees naar de politieagenten. 'Maar alsjeblieft, klim nooit in zulke dingen, en als het al moet, neem je mobieltje dan mee. Dan kun je ons altijd bellen als het nodig is.'

De brandweerwagen reed weg, maar de politieauto bleef staan. De vrouw, die eerst over de radio had zitten praten, stapte uit en begon vragen te stellen. Opeens leek Eline niet meer op die stoere meid die ik kende. Ze stond met haar hoofd omlaag, met haar handen verstopt in haar mouwen en het leek erop dat ze geen antwoord kon geven en nooit meer omhoog zou kijken. Een klein, bang meisje.

'Jullie kunnen nu vertellen waarom jullie daar waren of jullie kunnen het op het bureau vertellen,' zei de agente.

Eline kromp in elkaar, trok haar mouwen over haar vuisten, hield ze met haar vingers vast en begon eraan te bijten.

'Het is mijn fout,' zei ik. 'Ik... Ik pestte haar. Het is allemaal mijn schuld. Zij kon er niets aan doen.'

'Aha, dus je pestte haar zo erg dat ze haar vleugels spreidde en omhoogvloog,' zei de andere agent schamper.

'We hadden ruzie en om haar te pesten gooide ik haar lievelingsbloesje in de lucht en toen kwam een windvlaag en dat bloesje vloog naar die balk daar, dus we wilden het gaan halen.'

'Een bloesje?' vroeg de agent. 'Ze heeft toch al een shirt aan?'

'Ze had een dun bloesje aan, maar dat was nat geworden toen we daarachter op het strand waren,' zei ik en ik wees naar de quarantainegebouwen in de verte. 'Ik heb het aan mijn stuur gehangen om te drogen, maar toen deed ze gemeen tegen me, dus ik gooide het in de lucht en toen...'

'En waar is dat bloesje nu?'

'Het waaide weer weg. Kunnen we misschien naar binnen om te kijken of het nog ergens ligt?'

'Gaan jullie dat morgen maar netjes bij de portier vragen,' zei de man.

'Jullie identiteitsbewijs,' zei de vrouw. 'Dat hebben jullie toch bij je?'

Ik keek naar Eline. Ze hield haar ogen dicht.

'O, o,' zei ik als een Teletubbie. 'Dat hebben we niet. Vergeten.'

'Dan denk ik dat jullie maar met ons mee moeten. We moeten hier een proces-verbaal over schrijven.'

'En onze fietsen?' vroeg ik. 'Die kunnen we hier toch niet achterlaten? Dan zijn ze morgen weg.'

'Ik heb geen slot,' zei Eline.

De agente bewoog met haar lippen alsof ze binnensmonds vloekte. 'Wat nu?' vroeg ze aan de man, maar hij haalde slechts zijn schouders op. Als het aan hem lag, zouden we kunnen gaan.

'Ik zou naar mijn broer kunnen bellen,' zei ik. 'Als hij thuis is, zou hij onze ID-kaarten kunnen brengen.'

De vrouw fronste haar voorhoofd. 'Dat lijkt me goed...'

'Ah, laat die broer die ID brengen, want anders is de hele dag verpest,' zei de man.

Ik belde Bas.

'Wat is er?'

'De politie vraagt of je mijn ID-kaart en die van Eline naar de Quarantaineweg in Rotterdam, in de Waalhaven, wilt brengen.'

'Wat?' riep hij.

'De brandweer heeft ons in de haven van een ding naar beneden gehaald en nu moeten we ons legitimeren.'

'Waarom klim je er dan in, idioot! Ik ben je beschermengel niet! Rot op!'

'Bas...'

'Ik ga met jongens voetballen. Doeg.'

'Bas, alsjeblieft! Als we naar het bureau moeten, dan komt Eline in de problemen, want ze heeft geen adres en dan moet ze naar een pleeggezin of zo en dan... dan... dan weet ik het niet meer. Ik kan niet zonder haar, snap je?' fluisterde ik.

Het leek of Bas ontzettend lang zweeg. Toen hoorde ik hem heel diep zuchten en eindelijk vroeg hij: 'Waar ligt die ID van je?'

'In de la van mijn bureau. En van Eline ligt-ie ergens beneden tussen haar spullen, ze weet zelf niet waar. Ja ja, ik heb al gezegd dat ze ons nichtje is.' De laatste twee zinnen zei ik expres zo luid mogelijk. Ik heb me zelfs naar de politieagenten gedraaid, zodat het zeker was dat ze me hoorden.

Bas viel stil. 'Eline, een nichtje?' vroeg hij daarna verbaasd. Opeens begreep hij wat ik van hem wilde. 'Nu moet ik ook nog voor je liegen, stomkop!' Hij verbrak de verbinding.

'Hij komt eraan,' zei ik en ik glimlachte zo aardig mogelijk.

'Goed zo,' zei de agent. 'Hopelijk is hij hier snel.'

Eline keek me met paniek in haar ogen aan. Het liefst zou ik haar in mijn armen nemen en over haar hoofd aaien en zeggen dat het allemaal goed kwam, maar ja, met je nichtje doe je zulke dingen niet.

Ik keek om de minuut op mijn horloge, bang dat we toch naar het politiebureau zouden moeten, maar na nog geen kwartier zag ik een grote, rode auto aankomen en een paar seconden later wist ik het zeker: dat was Bas in de auto van Herman. Ik vermoedde dat hij door rood was gereden en zich aan geen enkele regel had gehouden, anders zou het hem nooit zijn gelukt om zo snel bij ons te zijn.

Hij stapte uit, gaf de agenten een hand en begon met hen te praten. Ik wilde erbij gaan staan, maar hij snauwde naar me: 'Wat moet je? Gaan jullie je fiets maar halen en wacht netjes tot ik hier klaar ben.'

'Goed zo,' zei de agente. 'Een strakke hand, dat hebben ze nodig.'

Bas liet mijn ID-kaart zien en zijn eigen rijbewijs, wees naar Eline en vertelde iets. Hij schudde met zijn hoofd en gebaarde met zijn handen. Ik snapte het: hij legde uit dat hij haar ID-kaart niet kon vinden.

De agenten knikten en bekeken mijn ID-kaart en het rijbe-wijs van Bas. Ik denk dat ze de achternamen wilden vergelij-ken.

Er was nog gedonder met Eline: de agenten wilden haar wat vragen stellen, maar Bas schudde zijn hoofd en fluisterde iets.

'Aha!' zei de vrouw en ze keek met medelijden in haar ogen naar Eline. 'Ja ja, ik zag al direct dat... Ja ja, heel triest. Ja, na-tuurlijk hebben we er begrip voor! Maar ze moeten ook...' Ze draaide zich om en toen kon ik de woorden weer niet verstaan.

Een paar minuten later, toen ik al bang begon te worden dat het voor Eline toch niet goed zou aflopen, schudden Bas en de politieagenten elkaar de hand. We waren gered.

18

'Ga je mee?' vroeg Bas toen de politieauto weg was.

'Nee.'

'Moet je zelf weten.'

'Wat heb je die agenten verteld?'

'De waarheid. Dat Eline niet goed bij haar hoofd is en dat jij haar altijd uit de problemen moet halen. Dat is voor iedereen na een tijdje zichtbaar, alleen voor jou niet.'

Ik wilde al op hem af springen en ruzie met hem gaan maken of zelfs vechten, maar hij had ons net gered. Ik klemde mijn tanden op elkaar en zweeg.

Bas keek Eline aan. 'Ik denk dat Julia gelijk heeft: je deugt niet. Zelfs ik ben erin gestonken. Dat onschuldige gezichtje van je, daar komt het door.'

'Julia moet zich niet met ons bemoeien!' riep ik.

'Hou je mond,' zei Bas en hij draaide zich weer naar Eline. 'Wil je met Julia praten?'

Eline schudde heftig haar hoofd.

'Dan lieg je.'

'Dat je me komt helpen betekent niet dat je... dat je...' Ik kon de juiste woorden niet vinden.

Bas stapte in de auto, draaide het raam open en riep: 'Ik kom jullie nooit meer redden!' Hij scheurde hard weg.

'En wat nu?' vroeg ik aan Eline.

'Eerst eten halen,' zei ze. 'Ik heb echt vreselijke honger. En daarna...' Ze glimlachte een beetje stout. 'Daarna moet ik lief voor je zijn. Wie weet, misschien had ik vandaag zonder de leugens van jou en je broer echt in een cel moeten slapen.'

Ik lachte. Ik dacht dat ze een grapje maakte.

Toen we naar dat bouwterrein fietsten, verwachtte ik niet dat hét zou gebeuren. Echt niet.

Ik dacht meer aan Pietje en zijn honden, maar Eline zei dat dat niet hoefde. De honden luisterden naar haar. Als Pietje ons maar niet zou ontdekken, want ze had een verrassing voor mij. Iets bijzonders.

Ik vroeg wat de verrassing was, maar ze streelde langs mijn wangen en zei niets.

Ik dacht dat we weer op de matras zouden gaan liggen om tv te kijken. Dat ze me een paar keer zou kussen of dat ze misschien mijn hand op haar borsten zou leggen, zoals op het strand. Of op haar blote onderbuik, zoals in Miekes bed.

Zelfs toen we al op de zolder waren en Eline de kaarsen had aangestoken, de tv op een muziekzender had gezet en me een glas witte wijn liet drinken, snapte ik het nog niet.

En ook toen ze haar t-shirt uittrok niet. Pas toen haar riem openging en de rits van haar broek naar beneden gleed, begon het me te dagen.

'Eline... Wat...' Zoals altijd op de belangrijke momenten wist ik niet wat ik zeggen moest.

Ze lachte. Ze knielde naast mij op de matras en trok mijn t-shirt uit.

'Eline...'

'Stil, Daan. Of wil je het niet? Ben ik niet mooi genoeg?'

Bij wijze van antwoord trok ik haar naar me toe. Ik kuste

haar en zij legde mijn handen op de sluiting van haar bh.

Inwendig vloekte ik. Ooit bracht Sjoerd een paar bh's van zijn moeder mee naar de schuur en toen moesten Paul, Gido, Vincent en ik van hem leren zo'n ding met één hand open te maken. Ik wilde niet, ik vond het vreselijk, die grote bh's van zijn ma, maar ze drongen aan en zeiden dat ik alles verpestte. Ik probeerde het dus één keer, gewoon, om van hun gezeik af te zijn. Het lukte me niet, dus ze hadden me uitgelachen en ik was zo boos geworden dat ik geen tweede poging deed.

En nu kon ik het ook niet. Eline hielp me. Ik voelde haar borsten tegen mijn borst. Ze trok mijn broek uit. Toen begreep ik het eindelijk, maar in mijn hoofd geloofde ik het nog steeds niet. Dat kon niet. Dat was te mooi om waar te zijn, zei een stem in mij, maar mijn lijf geloofde het wel.

En toen kuste ze me en ze gleed met haar handen over mijn hele lichaam en ik stond in brand en het enige wat ik kon zeggen was haar naam. Ik was met elke seconde minder mezelf en wilde steeds meer een stukje van haar zijn en toen draaide ze zich op haar rug en toen gebeurde het echt.

'Waarom?' fluisterde ik na afloop in haar oor. 'Waarom precies vandaag? Toch niet door...'

Ze schudde heftig haar hoofd, legde haar vingers op mijn lippen en liet me mijn vraag niet stellen.

'Ik heb vóór jou nog nooit iemand gehad die echt van me hield. Haat ken ik. Liefde niet.'

Ze kuste me, stond op en rende op haar tenen naar haar rugzak.

Ik keek naar haar smalle schouders en haar ronde billen en, toen ze terugliep, naar haar borsten en haar platte buik. Van mij, zong alles in me, ze is van mij.

'Heb je wel eens een joint gerookt?' vroeg ze en ze knielde op de matras.

'Nee,' zei ik. 'Jij wel?'

Ze knikte en opende haar vuist. Een joint. Ik had het op school zo vaak gezien.

'Hoe kom je eraan?'

'Van iemand gekregen.'

Met een lucifer stak ze de joint aan.

'Probeer maar,' zei ze.

Ik schudde mijn hoofd.

'We roken hem samen op,' zei ze en ze stak de joint tussen mijn lippen.

Ik dacht dat ik zou moeten hoesten of misselijk zou worden, maar dat was niet zo. Ik moest alleen giechelen alsof ik een meisje was. En ik dacht dat ik in een sperzieboon was veranderd, maar dat duurde heel even.

'Rook je het vaak?' vroeg ik.

'Nee, gekkie! Ik heb er geen geld voor.'

Het was vijf uur 's middag toen we stiekem uit het huis wegglipten.

Ik hield Elines hand vast en wilde die niet loslaten. 'Nog een momentje,' zei ik. 'Nog een minuutje.' Ik trok haar naar me toe en probeerde haar te zoenen, maar ze duwde me weg.

'Je hebt vandaag al genoeg gehad. Maar ja, ik weet het: jongens krijgen nooit genoeg van seks.'

Ik sloot mijn ogen en dacht dat ze gelijk had – ik had nu al niet genoeg en ik was pas begonnen. Ik voelde me alsof ik een reus was: ik had hét gedaan! Met Eline.

Ik pakte haar weer vast, maar ze maakte zich los. 'Daan, ga maar naar huis, anders komen we Piet met zijn honden nog tegen en dan hebben we een probleem.'

Ik kuste haar zo zacht als ik kon en liet haar gaan. Ik wist dat ze weg moest. Ze had me eindelijk alles verteld en uitgelegd. Haar vader was ziek. Want alcoholverslaving is een ziekte, zei ze. Hij had geen werk, dus geen geld, en straks waarschijnlijk ook geen huis meer. Eline moest voor hem zorgen. Daarom werkte ze zoveel. Maar haar huisbaas wilde niet wachten op zijn geld. Door hem had ze die blauwe plekken op haar armen en op haar rug. En een grote plek boven op haar dij. Als ze hem tegenkwam, moest ze al haar geld aan hem geven en nog steeds dreigde hij dat hij hen op straat zou zetten. Daarom verstopte ze het geld in een pakje papieren zakdoekjes. Maar het was niet haar geld, het was van haar werk. Zij was weer blut en ze miste driehonderd euro om de huur te betalen.

Toen gaf ik haar al het geld dat ik nog had. Ik kon niet anders, vond ik.

'Nee, ik kan het niet aannemen,' zei ze.

'Je moet.'

'Waarom?'

'Omdat ik van je hou.'

Eline pakte mijn gezicht vast, keek me heel lang en van heel dichtbij in mijn ogen en zei niets.

19

Toen ik wakker werd, zag ik een sms'je. Eline. Ze vroeg of we iets konden afspreken. Direct stuurde ik: 'JA!' en een smiley met een hartje. Ik moest naar school, maar de eerste schooldag duurt altijd kort en stelt niks voor.

Ik haalde mijn rooster bij de administratie, ik luisterde één uur naar de nieuwe mentor, weigerde om voor de schoolfoto te glimlachen en toen vloog ik op mijn fiets naar Eline.

We hadden in een park afgesproken. Toen ik daar aankwam, lag ze op een bank dicht bij het water en ik dacht dat ze sliep, maar haar ogen waren open. Ze zag er zo slecht uit dat ik schrok. Een blauwe plek op haar wang, ik dacht de afdrukken van vingers te kunnen zien, tranen in haar ogen en uitgelopen mascara.

'Eline!' fluisterde ik en ik trok haar op mijn schoot.

Ze rolde zich op tot een bolletje en legde haar hoofd tegen mijn borst. 'Het was te weinig,' zei ze.

'Wat was te weinig?'

'Dat geld. Niet genoeg. Alles voor niks.' Ze huilde. 'We moeten binnen een week weg.'

Voorzichtig raakte ik haar wang aan. 'Dat... Wie heeft dat gedaan?'

Ze duwde mijn hand weg. 'Is het belangrijk?' vroeg ze. 'Je kunt toch er niets aan doen.'

'Jawel! Ik kan met je naar de politie gaan, aangifte doen.'

'Nee, nee!' riep ze. 'Dan wordt het alleen maar erger. Veel erger. Ik moet het gewoon betalen, tot de laatste cent, dan is het klaar. Alleen weet ik nog niet hoe ik aan dat geld moet komen.'

Dat wist ik wel. 'Hoeveel heb je nog nodig?' vroeg ik.

'Zes-, zevenhonderd,' zei ze. 'Misschien acht.'

'Zoveel nog? En je vader, kan hij niets doen?'

'Hij is weg. Geen idee waarheen.'

'Heb je echt niemand meer?'

Ze schudde haar hoofd. 'Mijn vader heeft een broer, maar ik weet niet waar hij woont en ik zou hem niet eens herkennen. Ik heb hem al jaren niet gezien.'

'Wil je niet eens met Julia praten?'

'Nee!'

'Met mijn vader dan. Hij kan je helpen, ik weet het zeker.'

'Nee!'

'Maar ik moet iets doen! Ik kan niet toekijken hoe jij kapot-gaat!'

'Kijk dan niet. Draai je dan de andere kant op en vergeet me, als ik zo'n last voor je ben!'

Eline sprong van mijn schoot en rende naar de vijver. Diep is hij niet, dus ik was niet bang dat ze erin zou verdrinken, maar wel dat ze dwars door het water naar de andere kant zou rennen, weg van mij.

Op het laatste moment stopte ze en pakte haar hoofd met haar handen vast en bleef zo staan, met haar tenen bijna in het water.

Heel langzaam stond ik op en heel rustig liep ik naar haar toe. Alsof ik naar een gewond dier toe liep. Ik pakte haar hand vast.

Ze trok haar hand terug. 'Zie je, zo gaat het altijd. Als mensen zeggen dat ze willen helpen, dan betekent het altijd dat ze eerst alles willen weten. Maar ik wil niets vertellen!' riep ze. 'Ik heb er genoeg van. Van alles! Van het hele leven! Soms wou ik dat ik dood was.'

Ze slofte terug naar de bank. Ze ging er weer op liggen om naar het water te staren.

'Eline, ik heb genoeg geld. Ik zal het aan je geven.'

'Echt waar? Ik geef het je allemaal terug,' zei Eline en ze ging zitten. Ze pakte mijn beide handen vast en keek me recht in mijn ogen. 'Ik ga werken. Bij zo'n uitzendbureau voor horeca, ze betalen heel goed, veel beter dan wat ik nu verdien, en dan betaal ik het terug.'

Wat kon Mieke me doen als ik meer geld van mijn spaarrekening haalde? Niets. Het was mijn geld. Ze zou boos worden, maar dat interesseerde me niet.

'Morgen heb je het,' zei ik.

Eline ging weer op mijn schoot zitten en kuste me. Ik pakte haar vast en kuste haar en kreeg het warm en kon opeens aan niets anders denken dan aan wat we de dag daarvoor hadden gedaan.

'Kunnen we misschien naar dat huis gaan?' fluisterde ik in haar oor. 'Je weet wel, waar we gisteren waren...'

En weer sprong ze op. 'Dus daarom bied je me dat geld aan?' riep ze. 'Omdat... omdat je met me wilt neuken?'

Ik schrok. Wat een klootzak was ik toch. Hersenloos. 'Nee, natuurlijk niet! Eline, sorry! Ik bedoelde het niet zo...' Ik wilde wel door de grond zakken. Hoe kon ik zoiets stoms zeggen?

Die dag kwam het niet meer goed tussen ons. Ook al deed ik mijn best, Eline bleef afstandelijk. Ze zweeg, keek me niet aan en het leek alsof ze niet eens luisterde naar wat ik te zeggen had. Uiteindelijk stond ze op, zei dat ze me de volgende dag zou bellen en fietste weg.

Ik twijfelde niet toen ik het geld van mijn spaarrekening haalde. Achthonderd voor Eline en honderd voor mezelf, dan hoefde ik niet steeds bij Mieke en Herman te bedelen, want ik was steeds sneller door mijn zakgeld heen. Daarna ging ik op internet op zoek naar vacatures.

Vakkenvuller... Veel jongens deden zulk werk. Moeilijk was het niet, maar het betaalde verschrikkelijk slecht. Het was wel beter dan een krantenwijk – vroeg opstaan is nooit mijn sterke kant geweest.

De Gamma! Toen ik terpentine voor Sjoerd moest kopen, zag ik daar een poster. Ze zochten een hulp voor tien uur per week.

Ik belde. Twee tachtig per uur, zei een vrouw van personeels-zaken.

'Sorry, hoeveel?' vroeg ik, want ik dacht dat ik het niet goed had verstaan.

'Twee euro tachtig. Het is niet slecht, jongen. Je bent toch nog geen vijftien? Kijk nou zelf: je krijgt bij ons meer dan het minimumloon voor een vijftienjarige. Het is echt niet slecht, geloof me. En als je vijftien wordt, krijg je vijftig cent meer. Wil je komen solliciteren?'

'Ja. Graag.' Schroefjes en blikken verf vind ik leuker dan pakken luiers.

Ik zat net een sollicitatieformulier op de site in te vullen, toen Bas mijn kamer binnen kwam.

'Wat doe je?' vroeg hij.

'Ik ga solliciteren,' zei ik. 'Ik moet toch mijn schuld afbetalen?'

'Tof!' zei Bas. 'Ik dacht al dat ik nog jaren zou moeten wachten. Je begrijpt toch wel dat ik je rente ga berekenen?' Gelukkig knipoogde hij, want anders zou ik hem bijna geloven, zo serieus zei hij het.

Pas toen hij weg was, zag ik dat op mijn bureau een kaartje met de inlogcodes van mijn spaarrekening lag. Hopelijk had hij het niet gezien. En anders: er stond alleen een wachtwoord op en een gebruikersnaam, maar niet de site. Het kon dus van alles zijn.

20

Engels was net begonnen toen Eline voor de eerste keer belde. De docente dreigde met een so bij de volgende mobiel die afging.

Iedereen keek me kwaad aan, dus ik zette het geluid uit. Net op tijd, want mijn mobiel trilde opnieuw. Weer Eline.

Sjoerd begreep direct dat zij het was. 'Alles goed?' fluisterde hij.

'Nee,' zei ik. 'Weet je... Ze zit in de shit. Ouders en zo...'

'O!' zei Sjoerd. 'Klinkt bekend.'

De docente kwam bij ons staan. 'Stoor ik jullie?' vroeg ze.

'Nee, helemaal niet. We zijn net klaar met praten,' zei Sjoerd. 'Hebben we iets belangrijks gemist?'

Pas in de pauze kon ik Eline bellen. Ze nam direct op.

'Daan, Daantje, heb je het?' vroeg ze.

'Ja, natuurlijk.'

'Kan ik het zo komen halen? Want ik ben nu dicht bij je school.'

'Maar ik heb het niet hier. Zo veel geld neem ik niet mee naar school.'

'Jammer,' zei ze en haar stem zakte. 'Heel erg jammer.'

'Kan die huisbaas van je echt geen halfuurtje langer wachten? Om halftwaalf heb ik een lange pauze, dan kan ik het gaan halen.'

'Als het niet anders kan...' fluisterde ze. 'Jammer... Hij wordt boos en mijn vader ook, maar een blauwe plek meer of minder...'

Ik deed er twaalf minuten – een record – over om thuis te komen. Eline zat al op het bankje bij de bushalte te wachten. Ik wilde haar kussen, maar ze zei: 'Ga het halen, dan kun je zo terug naar school. Ik wacht hier.'

Als een jachthond rende ik naar boven en ik pakte uit de onderste la het boek waarin ik de biljetten had verstopt. Toen ik mijn kamer uit wilde lopen, botste ik tegen mijn broer.

'Wat doe jij hier?' vroeg hij.

'Ik was iets vergeten.'

'Dat moet heel erg belangrijk zijn als je tussen de lessen door naar huis komt.'

'Ja, heel erg belangrijk. Nu moet ik weg. Doei.'

Ik wilde hem ontwijken, maar hij stak zijn arm uit. 'Kan ik je ergens mee helpen? Iets voor je doen?' vroeg hij met zo'n nadruk op 'helpen' dat ik er onrustig van werd. Wist hij iets? Nee, dat kon niet. Ik was heel voorzichtig.

'Waarom? Er is helemaal niets aan de hand,' zei ik stoer. 'En laat me nu gaan.'

In twee sprongen was ik beneden. Ook een record.

Ik rende de straat over en gaf het geld aan Eline. Ze telde het niet eens na.

'Dank je, Daan. Ik geef het je zo snel mogelijk terug. Zo snel ik kan. Ik beloof het,' zei ze en ze keek me zo lief aan dat ik het liefst nog meer geld aan haar zou willen geven. Ik kreeg niet eens de kans om er verder over na te denken, want ze kuste me snel op mijn wang, stopte de biljetten in haar rugzak en rende naar haar fiets, die tegen het bushokje stond.

Ik keek hoe ze wegreed en toen gebeurden er twee dingen: ik keek naar ons huis en zag dat Bas voor het keukenraam stond te kijken, en tegelijkertijd stopte ik mijn hand in mijn zak en voelde dat er nog iets in zat. Verbaasd trok ik het eruit. Het waren nog drie biljetten.

Ik gunde mezelf geen tijd om na te denken hoe dat kon. Ik gunde mezelf geen tijd om te bedenken hoe ik alles aan Bas zou uitleggen. Ik sprong op mijn fiets en racete achter Eline aan. Ik zag haar nog. Ik kon haar nog inhalen, voor ze tussen de auto's en gebouwen zou verdwijnen.

Alle stoplichten had ik tegen. Alle auto's, vrouwen met kinderwagens en oudjes met rollators deden dwars en hoe graag ik het ook wilde, het lukte me niet om bij Eline te komen. Soms zag ik haar een paar seconden niet en dan maakte ik me zorgen dat ik haar helemaal kwijt was.

Al snel besefte ik dat ze richting het centrum fietste. Ik dacht dat daar ergens het kantoor van die verschrikkelijke huisbaas was, maar ze stapte bij De Doelen van haar fiets en liep het plein voor Pathé op. Ze liep naar een man, die me bekend voorkwam. Hij pakte haar vast, legde zijn hand op haar billen en kuste haar op de mond.

Ik kwam bijna met mijn fiets onder een auto terecht. De bestuurder deed het raampje open en schreeuwde tegen me. Ik luisterde niet naar wat hij te zeggen had, maar reed van hem weg en daarna het plein rond.

Nu wist ik waar ik die man eerder had gezien. Op het strand, bij Hoek van Holland. Dat meisje was dus wél Eline geweest!

Ik stopte achter een pilaar voor de ingang van het theater.

Eline en de man liepen, hand in hand, het plein af, de Korte Lijnbaan in. Het klopte niet! Toch? Of was ik gek?

Ze gingen een café binnen.

Ik wachtte.

Een halfuur later kwamen ze naar buiten. Ze liepen terug naar het Doelenplein en gingen de parkeergarage in.

Ik ging bij de uitrit staan en zag iets wat ik niet wilde zien. Eline in de auto van die man. Een grote Citroën.

Hij streelde Elines wang. Misschien was het de broer van haar vader?

Die kus...

Toen de auto naar rechts ging, draaide ze haar hoofd. Ze zag me. En ze schrok.

Ik wilde niet naar huis, waar Bas op me wachtte. Ik wilde niet naar school. Ik fietste naar Sjoerd en wachtte op hem achter de schuur. Ik moest met iemand praten.

Lang duurde het niet: om twee uur hoorde ik hem aankomen. Hij leek niet eens verbaasd te zijn om me te zien. 'Ik denk dat ze je ouders hebben gebeld,' zei hij. 'Toen je niet terugkwam, zijn ze je gaan zoeken.'

Ik vloekte. Nog een probleem erbij.

Hij vroeg niks, maar haalde twee blikjes bier uit de voorraad van zijn pa, trok me aan mijn hand omhoog en wees voor zich uit.

We gingen langs de akkers naar de sloot. Daar hadden we vroeger, toen we nog op de basisschool zaten, een eigen plekje: een boomhut tussen drie oude wilgen. Er zaten nog steeds een paar verrotte vloerplanken tussen de bomen. De wanden waren allang door de stormwinden en andere jongens afgerukt.

We gingen op een grote steen zitten en trokken de blikjes open. Pas toen mijn blikje bijna leeg was, begon ik met mijn verhaal. Ik vertelde hem alles. Gewoon alles, zoals je het alleen

aan je beste vriend vertelt. Al maanden hield ik alles voor mezelf en nu kon ik het niet meer.

'Raar,' zei Sjoerd. 'Ik denk dat ik haar in een disco heb gezien.
Dat meisje had ook blauw haar, maar ze was duur gekleed. Zou
het Eline kunnen zijn?'

'Nee,' zei ik. 'Zij is blut. Ik heb haar nog nooit met dure spullen zien lopen.'

'Weet je het zeker? Want ik weet bijna zeker dat zij het was.
Hoeveel geld heb je haar geleend dan? Alles bij elkaar?' vroeg
Sjoerd.

'Zo'n duizend euro, denk ik. Nee, elfhonderd. Of meer. Misschien in totaal tweeduizend. Geen idee. Ik weet het niet meer.'

Sjoerd floot. 'Zo. Je moet echt van haar houden.'

Ik zuchtte. 'Je hebt geen idee,' zei ik.

Om halfzes ging ik naar huis: Herman had gebeld en gezegd
dat ze op me wachtten. Het klonk niet als 'wachten met eten'.
Het klonk als 'wachten met iets wat we niet zo prettig vinden
en jij straks ook niet'.

'Ik moet weg,' zei ik.

'Problemen,' zei Sjoerd. Het was geen vraag, maar een con-
statering.

'Ik moet een goed verhaal verzinnen waarom ik niet op
school was, anders wordt het huisarrest tot mijn eindexamens.'

Ik gooide mijn rugzak op de vloer, trok een gezicht alsof ik me
van geen kwaad bewust was en liep de woonkamer binnen.

Ze zaten rond de tafel: Herman, Mieke, Bas en Julia. Ik
schrok, nog voor iemand iets zei. Misschien kwam het door
hun blikken, misschien door de stilte of misschien door die
vellen papier op de tafel. Ik kon niet zien wat het was, maar

het was duidelijk dat ze iets hadden wat met mij te maken had. Ik ging zitten, legde mijn handen op tafel en wachtte op wat er zou komen.

Herman legde zijn hand op de papieren en vroeg: 'Jongen, wil je ons misschien iets vertellen?'

Ik trok een verbaasd gezicht en schudde mijn hoofd. 'Nee, niet echt.'

'Maar je weet wel dat het altijd kan, toch? Als je bijvoorbeeld in de problemen bent gekomen. Je weet dat je alles aan ons kunt vertellen, en dat we je niet laten vallen, toch?'

Met elk woord dat Herman zei, voelde ik me ongemakkelijker en toen hij zijn laatste vraag stelde wist ik niet meer hoe ik het had.

'Waar gaat het over?' vroeg ik.

'Weet je het echt niet?' vroeg Mieke. 'Dat geloof ik niet.'

Ik durfde mijn schouders niet op te halen, bang dat het allemaal nog erger zou worden.

'Ik weet niet wat jullie bedoelen,' hield ik vol en dat was natuurlijk heel dom. Ik wist niet eens waarom ik het deed: alsof ik nog steeds hoopte dat ik ongestraft kon doen wat ik wilde.

Herman zuchtte diep en wilde de papieren op tafel omdraaien, maar Bas opende zijn mond.

'Ik ga het zeggen,' zei hij. 'Ik heb het ontdekt.'

Toen wist ik echt niet meer waarover het ging. Niet over school, dat was wel zeker.

'Nou? Komt het nog?' vroeg ik aan hem, want hij zweeg en krabde aan zijn hoofd.

Julia legde haar arm om de schouder van mijn broer en pakte zijn hand vast.

Ik begon onwillekeurig te lachen. 'Niet zo dramatisch, ja?' zei ik.

'Daan, hou jij nu je mond dicht,' zei Herman.

Bas pakte de papieren, draaide ze allemaal om en legde ze voor me neer.

Ik voelde dat het bloed uit mijn kop wegtrok. Voor mij lag een uitdraai van mijn spaarrekening.

Ze wisten het. Shit. Tegelijk voelde ik iets van opluchting. Het was gebeurd: ik hoefde niet meer te liegen. Eindelijk.

'Ik weet dat je dat geld aan Eline hebt gegeven,' zei Bas. 'Ik zag het.'

Daarna stelden ze me tientallen vragen.

'Hoe heet ze? Haar achternaam, bedoelen we.'

'Waar woont ze?'

'Naar welke school gaat ze?'

'Hoe heet haar vader?'

'Heeft ze dan geen moeder?'

'Weet je wel zeker dat ze pas zestien is? Want ze lijkt veel ouder, hoor.'

'Dus al dat geld, echt alles, heb je aan haar gegeven? Om de huur te betalen?'

'Heeft ze niemand anders die voor haar kan zorgen?'

Weet ik niet, weet ik niet, weet ik niet, dat was alles wat ik kon zeggen en ze konden het moeilijk geloven. Ik wist niks. Maar ja, ik geloofde dat ze de waarheid vertelde, toch? Of twijfelde ik soms? Wie was bijvoorbeeld die man vandaag?

'Maar ze liegt tegen je!' zei Herman. 'Dat weet ik helemaal zeker. En je bent te slim om dat niet te zien. Wat heb je nog voor haar over?'

'Alles,' zei ik. 'Liever leugens dan geen Eline.'

Ze vroegen niet of ik van haar hield, zo beleefd waren ze wel, maar ik wist dat ze het wisten.

Opeens trok Mieke aan haar haren. 'O god, jongen, je hebt

toch geen drugs gebruikt? Je bent toch niet verslaafd? Is dat geld...'

'Ach, ma, stop alsjeblieft,' zei ik geïrriteerd. 'Kunnen jullie niets anders verzinnen dan drugs? Ik heb nooit iets gebruikt en ik ben het ook niet van plan.' Die ene joint wilde ik liever verzwijgen.

Mieke zuchtte. 'Ik ga een bak sterke koffie zetten. Van slapen komt toch niets vannacht. Wat willen jullie?'

Herman wilde een glas wijn, Bas bier en Julia een glas warme melk. Mij vroeg niemand wat ik wilde drinken, want Mieke besloot dat ik moest eten en een kwartier later zaten we weer aan tafel: zij dronken en ik at, maar ze keken de hele tijd naar mij, dus proefde ik niet meer hoe de aardappelen, het vlees en de groente smaakten en schoof het bord opzij.

'Smaakt het niet?'

'Nee, als jullie zo naar mij staren niet.'

'Je hebt gelijk,' zei Mieke. 'We zullen de andere kant op kijken.'

'Laat maar. Ik heb geen honger meer. Willen jullie nog iets zeggen? Want anders ga ik naar mijn kamer.'

'We zijn nog lang niet klaar! Je snapt toch wel dat ze dat geld terug moet storten op je rekening? Je mag niet iemand zomaar honderden euro's geven. Dat is toch te gek voor woorden!' zei Herman.

Ik knikte. 'Eline gaat alles teruggeven. Tot op de laatste cent. Ze werkt, maar dat is lang niet genoeg, dus ze gaat meer werken. En ik ook. Bij de Gamma. Volgende week heb ik een sollicitatiegesprek.'

'Prima. Dan ga je werken. Heel goed. Dan heb je weinig tijd voor andere dingen. Want weet je, ik wil dat je haar nooit meer ziet,' zei Mieke. 'Voor de eerste keer in je leven verbied ik je contact met iemand te hebben. Ik verbied je om nog langer dat meisje te zien. Sorry, Daan, maar het moet.'

Ik lachte. Kort en heel gemeen. 'Je denk toch niet echt dat ik naar je ga luisteren? Zo dom ben je toch niet?'

Mieke greep Hermans hand. Heel theatraal was het.

Ik stond op. 'Ik ga naar mijn kamer.'

'Meer respect voor je moeder,' zei Herman. 'Afgelopen met die Eline. Ze belazert je, ik hoop dat je het inziet. Misschien niet vandaag, maar binnenkort. Nu nemen wij de beslissing voor je.'

'Dat mocht je willen,' zei ik. 'Ik zie wie ik wil en wanneer ik wil. En zeker Eline. Ik kies mijn eigen vrienden. Of willen jullie me aan de verwarming ketenen?'

Ik smeet de stoel onder de tafel en liep naar de trap.

'Daan,' riep Mieke. 'Je moet stoppen met die meid! Ze is slecht. Tot op het bot slecht.'

Hoe harder ze schreeuwden, hoe harder ze me verboden om Eline te zien, hoe sneller alle andere dingen onbelangrijk werden. Wat kon het me schelen wie die man was? Wat kon het me schelen waarvoor ze het geld nodig had? Dat was allemaal zonder betekenis. Ik wilde haar dat geld geven, dus had ik het gedaan, en dat ging niemand iets aan.

'Pech voor jullie,' zei ik. 'Ik doe wat ik wil. Snappen jullie dat? Jullie kunnen me...' Ik stak mijn middelvinger omhoog.

Het laatste wat ik zag voor ik de trap op rende, was de verbijstering op het gezicht van Mieke. Tof voelde ik me. En klote tegelijk.

21

Ik wist dat ze niet naar mijn kamer zouden komen. Een van de heilige afspraken in ons huis is dat iedereen na een heftige ruzie moet kunnen bijkomen. En bovendien had ik gezien hoe Julia gebaarde dat Mieke en Herman me met rust moesten laten. Mieke is gek op Julia en haar studie psychologie, en ze luistert naar alles wat Julia zegt, dus voor een tijdje was ik veilig.

Niemand zou me vertellen met wie ik mocht omgaan en met wie niet. Niemand. En niemand kon me verbieden Eline te zien.

Ik pakte mijn mobieltje en belde haar.

'Daan?'

'Eline,' zei ik. 'Eline, ik...'

'Daan. Ik dacht dat je nooit zou bellen.'

'Hoe kon je dat denken? Je weet toch dat ik van je hou. Ik kan geen dag zonder je.'

'Ja, maar ik dacht... Je keek me zo raar aan toen je me in de auto zag. Je bent achter me aan gereden. Maar waarom?'

'Die man, wie is hij? Hij kuste je!'

'Een bekende. Hij helpt mij soms. Ik ken hem goed, en ja, hij kuste me op mijn wang. Ik was blij om hem weer te zien. Dat betekent toch niks, zo'n kusje?'

'Hoezo op je wang? Ik zag iets anders. Volgens mij kuste hij je op je mond!'

'Hij? Mij? Op mijn mond? Daan, natuurlijk niet! Wat denk je van me?'

Haar verontwaardiging kon niet gespeeld zijn – het klonk zo echt! Had ik het niet goed gezien? Of was ik misschien zo jaloers dat ik het niet kon hebben dat ze andere mannen zag?

'Waarom heb je me niks over die man verteld? Je zei dat je direct naar de huisbaas ging!'

'Ik moest nog meer geld betalen dan ik je had gezegd. Dat kon ik van die man lenen.'

'Waarom niet van mij?'

'Omdat ik bang was dat je gekke dingen zou doen om mij te helpen. De rekening van je ouders plunderen of zo... Of al je spaargeld opnemen. En dat wil ik natuurlijk niet. Je hebt al zoveel voor mij gedaan.'

Zie je, zie je wilde ik schreeuwen naar Mieke en Herman en mijn broer en zijn vriendin, zie je, ze is helemaal niet op mijn geld uit! Ze dachten dat ze altijd gelijk hadden, maar ik wist dat het niet waar was. Eline was oké. Eline was geen foute meid. Ze was gewoon een meisje met grote problemen.

'Wanneer kan ik je zien?' vroeg ik. 'Vanavond?'

'Nee, vanavond niet.'

'Morgen?'

'Ik weet het nog niet. Ik bel je als ik in de buurt ben, goed?'

'Nou, in de buurt... Eline...'

'Wat is er, Daan?'

'Het is misschien beter als je een tijdje niet meer bij de bushalte voor mijn huis op me wacht. Ze weten van dat geld en dat ik niet op school was. Het is beter als ze je hier niet zien.'

'O... Weten ze ook dat we iets hebben?' vroeg ze.

'Ja, natuurlijk, ik schaam me er toch niet voor? Ze hebben zelfs met de politie gedreigd, maar ik laat hen niet zeggen wat ik moet doen, je bent mijn vriendin, toch?'

Eerst zweeg ze. Heel lang. Zo lang dat ik er bang van werd. Toen zei ze: 'Maar natuurlijk, Daan. Ik ben jouw vriendin.'

Had ik het mis of klonk het toch anders dan ik het bedoelde? Ik kreeg geen kans om dat te vragen, want Eline verbrak de verbinding. Ik belde haar nog een keer, maar het enige wat ik te horen kreeg was: 'Het nummer dat u belt is in gesprek.'

Dezelfde avond nog veranderde Mieke het wachtwoord van mijn spaarrekening. Ik had weer geen rooie cent. Maar ik had wel Eline, dacht ik toen ik naar bed ging.

Elke dag ging ik naar school, en zodra ik thuiskwam liep ik naar boven. Ik zat nooit meer met mijn ouders beneden, maar altijd in mijn kamer. Met Sjoerd of met Vincent, meestal alleen. Wachtend op een telefoontje of sms'je van Eline.

Ik begreep het niet direct. Eerst dacht ik dat het toeval was of dat ze weer geen geld had om beltegoed te kopen. Pas na een paar dagen begon ik me zorgen te maken.

Ik belde haar elke dag – ze nam nooit op. Ik stuurde haar sms'jes – ze sms'te nooit terug.

Ik wachtte op de dag dat ze weer ergens op de weg naar school op mij zou wachten of dat ze me midden in de nacht zou bellen, maar het gebeurde niet.

Ik werd gek van onrust en verlangen.

Ik telde de dagen zonder Eline en keek hoe een wit vel papier dat ik op het plafond boven mijn bed had geplakt vol begon te lopen. Drie dagen zonder Eline, vier dagen zonder Eline, vijf dagen zonder Eline... tien, twaalf, vijftien... Ik miste haar zo verschrikkelijk. Ik wilde haar zien. Ik wilde haar hand in de mijne voelen.

Ik maakte geen huiswerk, ik leerde niet voor mijn so's en ook al was het pas oktober, de leraren begonnen te zeggen dat ik mijn best moest doen, anders zou ik blijven zitten.

Ik begon aan mijn bijbaantje bij de Gamma. Suf werk was het. De allerslechtste klusjes: lampen afstoffen die al drie jaar op de planken stonden, potgrond die uit gescheurde zakken was gevallen afwegen, verfvlekken wegpoetsen, rotzooi die de klanten hadden achtergelaten opruimen. Iedereen deed alsof ik een soort slaafje was, maar ik vond het best. Nooit zat ik te niksen, want ik werd steeds geroepen om iets te doen. Dat was goed – urenlang had ik geen tijd om aan Eline te denken. Pas wanneer ik 's avonds na het eten naar mijn kamer ging en op mijn bed ging liggen, zag ik weer die cijfers: twintig dagen zonder Eline.

Waarom, Eline, waarom?

Op een vrijdagmiddag ging ik naar Pietje. Hij stuurde zijn honden op me af. Mijn broek moest ik weggooien, grote gaten van de hondentanden zaten erin. De wond in mijn kuit was gelukkig niet diep.

Op een zaterdag ging ik naar Antwerpen. Het was een mooie, zonnige dag en in het centrum zag ik de geschminkte ridder, maar geen elf met blauw haar.

Op een zondag zat ik zes uur lang op een bankje op het Doelenplein.

Eenentwintig dagen... drieëntwintig... achtentwintig... dertig... Ik zal haar nooit meer zien, dacht ik en ik rukte het papier van het plafond.

Mieke zegt altijd dat als je iets heel erg graag wilt hebben, je het eerst moet loslaten. Ik geloofde het nooit en ik snapte het ook niet, en ik dacht dat het weer iets raars van haar was.

Mieke houdt tenslotte van Chinese muziek, van yoga en van kruidenthee, en dat zijn juist de dingen waar ik totaal niets mee heb.

Maar twee dagen nadat ik die lijst van dagen zonder Eline had verscheurd en met een hoop bladeren in de tuin had verbrand, twee dagen nadat ik 's avonds laat naar Sjoerd was gegaan en gezegd had dat ik nooit meer verliefd wilde worden, twee dagen nadat ik begon te geloven dat ik haar voor altijd kwijt was, zag ik haar.

Ik was bij Paul geweest om samen aan een wiskundeproject te werken en toen ik terug naar huis fietste en voor een stoplicht wachtte, zag ik in het licht van de lantaarn een blauwe gloed over iemands hoofd. Eerst dacht ik nog dat het een lichtspel was, een illusie, maar daarna herkende ik haar smalle schouders en de manier waarop ze met haar voet op de grond steunde. Zij was het.

'Eline!' riep ik.

Ze moest me gehoord hebben, maar ze keek niet om en ging fietsen.

Ik reed door rood achter haar aan. Ze fietste snel, maar ik kwam dichterbij.

'Eline!' Ik raakte haar schouder aan.

Ze stopte en liet haar hoofd hangen.

Ik hoopte toen op zo veel dingen: dat ze net zo gelukkig zou zijn als ik, dat ze zou lachen en in haar handen klappen, dat ze haar fiets zou laten vallen en mij om mijn nek zou springen en mij zou zoenen, maar dat is allemaal niet gebeurd.

'Eline,' zei ik.

Ze zuchtte diep, schudde langzaam haar hoofd en stapte van de fiets af.

'Kom, we moeten praten,' zei ze.

Met de fietsen aan de hand gingen we op de stoep staan.

'Waarom bel je me nooit terug?' vroeg ik. 'Wat is er aan de hand? Is het over tussen ons?'

'Dat zou beter voor je zijn,' zei Eline. 'En voor mij ook. Je zou me in gevaar kunnen brengen.'

'Dat is helemaal niet waar! Hoe kun je zoiets zeggen? Ik dacht dat we... Dat jij... Ik hou van je, Eline! Ik kan niet zonder jou.'

Ik omarmde haar en trok haar tegen me aan. Eline stopte haar handen onder mijn trui. Koud waren ze, heel koud. Ze streelde mijn rug, kuste me en zei heel rustig: 'Lieve Daan, dat wat jij wilt kan niet. Hoor je me? Dat kan niet. Het ligt niet aan jou, maar aan mij. Het is te ver gegaan en het is mijn schuld. En nu je ouders van mij weten, is het allemaal veel te gecompliceerd. Dus ik heb het, door jouw telefoontjes en sms'jes te negeren, uitgemaakt, maar jij doet alsof je het niet snapt. Ik ga het je nu recht in je gezicht zeggen: het is uit, Daan. Uit!'

Ze trok haar handen onder mijn kleding vandaan en liep weg.

Ik wilde achter haar aan rennen, maar ze riep op hoge toon: 'Nee!'

'Eline, één keer nog. Eén dag, alleen één dag, alsjeblieft!' De mensen die langsliepen, draaiden zich om en keken naar ons, een man bleef zelfs staan kijken alsof het een toneelstuk was en niet het echte leven, maar dat kon me niets schelen. Ook al zei Eline nee, ik rende achter haar aan en pakte haar stuur vast.

'Eline, wacht, laten we het uitpraten, dat kan toch? Heb ik iets verkeerd gedaan? Het spijt me, ik weet niet eens wat, maar wil je me vergeven?'

'Daan, laat los,' zei ze.

Ik schudde mijn hoofd.

'Daan, laat los, anders ga ik gillen,' zei ze heel koud. Ze trok hard aan haar fiets.

Ik deed een stap naar achteren.

Ze fietste weg.

Het was moeilijk om de juiste afstand te bewaren. Ik wilde niet te dichtbij komen, want als we opeens moesten remmen, zou ze me misschien zien. Maar te ver achterblijven kon ik ook niet, want dan zou ik haar kwijt kunnen raken.

Ze had haast, dat was aan haar tempo te zien, maar na zo'n tien minuten zakte het in. Misschien was ze moe geworden. We fietsten, apart, maar toch samen, langs huizen en glazen gevels van grote kantoren en autodealers. Ik herkende vaag de straten – ooit was ik daar met Herman geweest, op zoek naar een meubelzaak.

Ik voelde mijn mobieltje trillen, maar ik nam niet op. Dat waren vast mijn ouders. Ik moest om tien uur thuis zijn en ik was te laat. Ik overwoog nog om Paul te bellen en hem te laten liegen dat ik net was weggegaan, maar als ik vervolgens binnen een kwartier niet thuis zou komen, zouden mijn ouders zich nog meer zorgen gaan maken. Het zou dus weer ruzie worden. Jammer dan.

Eline ging naar links en toen naar rechts, een verpauperde en stille straat in, en stapte van haar fiets. Ze zette hem tegen de muur van een huis met donkere ramen en verrotte kozijnen, en ging de hoek om. Ik remde zacht en zette mijn fiets tegen een oude lantaarnpaal. Het licht ging aan en uit. Ergens blafte een hond. Bladeren waaiden langs de stoep. Ergens kraakte iets. Een verlaten en enge plek was het.

Op mijn tenen liep ik tot de hoek en stak mijn hoofd uit om te zien waar ze was verdwenen. En toen schrok ik. Eline was helemaal niet verdwenen. Ze stond mij op te wachten. Ze duwde me met zo'n kracht opzij dat ik viel.

Met een boos gezicht keek ze hoe ik omhoogkrabbelde en toen ik recht op mijn benen stond, stompte ze me vol in mijn maag.

Het kwam hard aan. Ik sloeg dubbel en een paar seconden kreeg ik geen lucht.

'Gaat het een beetje?' vroeg ze ongerust.

'Au!' steunde ik. 'Waarom deed je dat?'

'Waarom stalk je me? Ik heb je gezegd dat je nooit, maar dan ook nooit achter me aan moest komen. Weet je het nog? Je hebt het beloofd! Hoe durf je?' riep ze en ze sloeg me weer, dit keer recht in mijn gezicht.

Ik mocht haar niet stalken, dat was wel waar, maar ze mocht me niet slaan. Dat mag niemand. Ik pakte haar pols vast.

'Sorry, je hebt gelijk, maar slaan heb ik niet verdiend,' zei ik en ik liet haar los. 'Ik wil alleen met je praten. Ik wil alleen iets vragen.'

'Ja,' zei ze. 'Vragen. Altijd vragen. Ik heb je duizend keer gezegd dat je me niks moet vragen. Dat je niet te veel moet willen weten, want anders verpest je alles. Je bent écht te ver gegaan, Daan. Door jou ben ik nu te laat. En ik mocht niet te laat komen, maar ja... Omdat ik je kwijt wilde – maar het lukte me niet – staan we hier. Maar nu wil ik dat je verdwijnt. Snap je het? Wegwezen. Rot op!'

'Hoe wist je dat ik achter je aan fietste?' vroeg ik.

Eline lachte en zei met een stem vol medelijden: 'Wat ben je toch een kind, Daan. Ik zag je in de ruiten van al die gebouwen waar we langs fietsten. Precies daarom heb ik die weg gekozen.'

Woest werd ik op mezelf. Natuurlijk had ze gelijk. Ik zag haar weerspiegeling in het glas, dus ze kon mij ook zien. Simpele wetten van de natuurkunde. Ik was een sufkop. Ik kon haar niet aan. Ik was haar niet waard.

'Eline...'

'Ga weg.'

'Eline...'

'Wat een lastpak ben je toch!' riep ze boos en ze liep naar mijn fiets. Ik dacht al dat we toch samen zouden fietsen, maar voor ik iets kon doen schopte ze met alle kracht tegen de ketting en daarna tegen een pedaal aan. Ik hoorde luid gekraak en nog voor ze klaar was wist ik het: de ketting was kapot.

Met mijn mond open zag ik hoe ze daarna mijn fiets liet vallen en naar haar eigen fiets liep.

'Bel je vader dat hij je op moet halen,' zei ze. 'Het is nu stil hier, maar het is geen nette wijk zoals waar jij woont. Lieve jongens hebben hier niets te zoeken, dus zorg dat iemand je komt redden. Als je hier de straat uit loopt, zie je een pleintje met een café. Er staat een bank. Daar kun je op je ouders wachten.'

Ze pakte mijn hoofd met haar beide handen vast en kuste me lang en zacht. 'Dag, lieverd. Je bent een schat, echt waar. Ik zou gek op je kunnen zijn. Ik ken verder niemand die zo lief is als jij. Maar het is beter dat we ieder een andere kant op gaan.'

Met haar vingertoppen gleed ze zachtjes langs mijn ogen en lippen. Daarna stapte ze op haar fiets en reed weg.

'Bel me niet, zoek me niet en als je me ergens ziet, kijk dan weg,' riep ze nog.

Ik rende achter haar aan. 'Maar waarom? Eline, waarom?' schreeuwde ik en mijn woorden echoden in de lege straat.

Ze gaf geen antwoord. Ze stak haar arm omhoog, ging naar links en ik zag haar niet meer.

Ik raapte de gebroken ketting en mijn pedaal op en ging, zoals Eline zei, naar het pleintje. Ze had gelijk, voor het café stond een bankje. Daar ging ik zitten. Ik pakte mijn mobiel, wiste alle oproepen van Mieke en Herman, en belde Bas.

'Waar ben je?' schreeuwde hij. 'Wil je dat Mieke instort? Ze willen de politie al bellen.'

'Wil je me halen?' vroeg ik. 'Mijn ketting is kapot.'

'O. Sorry, ik dacht dat je weer door die meid in de problemen zat. Waar sta je precies?'

Ik noemde de naam van de straat en van het café.

'Maar... Je was toch bij Paul? Wat doe je daar dan?'

'Wil je me halen?'

'Ja. Ik stap nu in de auto.'

22

De volgende dagen, terwijl ik thuis op bed lag met bijna veertig
graden koorts en doodmoe, had ik veel tijd om na te denken.
Meestal deed ik het 's nachts, want overdag sliep ik; dan viel
niemand me lastig met vragen. En toen, na al dat denken, wist
ik eindelijk waarom het over was: Eline was bang voor mijn
ouders. Het had niks met mij te maken, niks met dat wat we
voor elkaar voelden, want we waren voor elkaar bestemd, ik
wist het zeker.

Aan niemand had ik verteld hoe ik die avond op het pleintje
voor het café was beland, hoe mijn ouders ook aandrongen.
Ook Bas kreeg van mij niets te horen.

Ze wisten niet wat ze met mij aan moesten en dat kwam
goed uit, want ik wist het zelf ook niet. Alles maakte me moe:
spelletjes op mijn laptop, boeken lezen, zelfs van sport kijken
op tv viel ik in slaap.

Ik moest naar de huisarts en na bloedprikken wist hij wat ik
had. De ziekte van Pfeiffer, *kissing disease* dus.

Kissing disease. Zelf vond ik het goed klinken. Stoer. Alsof ik
niet alleen met Eline, maar met veel meer meisjes had gekust
of misschien nog meer had gedaan. Het vervelende was dat ik
me de eerste weken rot voelde. Ik sliep uren achter elkaar en
toch had ik rond de middag het gevoel dat ik mijn ogen niet

open kon houden, zo moe was ik. Ik hoestte, mijn keel en mijn gewrichten deden pijn en ik had koorts. Ik mocht niet naar school en ook niet naar de Gamma.

Sjoerd kwam niet meer bij van het lachen toen ik het hem sms'te. 'Pfeiffer, tof, man! Hoe lang mag je thuisblijven?'

'Maanden,' antwoordde ik, bijna blij, want ik vond mijn opsluiting geweldig. Ik had geen zin om de wereld zonder Eline te zien. Mijn kamer was meer dan genoeg voor mij. Als Mieke of Herman binnenkwam, deed ik alsof ik sliep en anders joeg ik hen weg. Meestal was een simpel 'Ik voel me heel erg moe, kan het later?' of 'Laat me allemaal met rust' voldoende.

Elke ochtend stuurde ik Eline een sms. En elke avond. Alsof ik niet beter wist. Ik wilde het liefst mijn bed uit, op mijn fiets stappen en door Rotterdam fietsen of anders naar Antwerpen gaan om haar te vinden. Misschien, als ik haar alles zou uitleggen, zou het nog goed kunnen komen. Misschien zou ze me vergeven dat ik zo'n vervelende vader en moeder had.

Een paar keer, toen Mieke en Herman naar hun werk waren en Bas in Amsterdam zat, trok ik mijn schoenen en mijn regenjas aan en haalde mijn fiets uit de schuur, maar zelfs dat maakte me zo moe dat ik terug naar mijn kamer moest. Het enige wat ik kon was op mijn bed liggen en vloeken van machteloosheid.

Ik deed niets, ik at bijna niets en ik wilde niets. Iedereen maakte zich zorgen en ze kwamen om de beurt vragen wat ze voor me konden doen.

Na een paar weken ging het langzaam iets beter. Nog niet geweldig, maar het ging. Ik sliep minder en soms had ik zelfs zin om iets te gaan doen.

Vincent en Sjoerd kwamen vaak langs. De eerste keer kwamen ze samen met Paul en Gido. Toen ze de kamer binnen kwamen, hadden ze allemaal een dunne doorzichtige plastic overall aan, latex handschoenen en regenlaarzen en een wit kapje voor hun mond. Geen idee waar ze dat allemaal vandaan hadden, maar iedereen moest erom lachen. Ik ook, maar ik kreeg zo'n hoestaanval dat ik er benauwd van werd.

Tien dagen later ging ik naar school. De eerste week voor een paar uurtjes per dag, maar de tweede week bleef ik gewoon alle lessen uitzitten. Ik was afgevallen, maar gegroeid, zei iedereen.

Het was de eerste dinsdag van december, vier dagen voor Sinterklaas. Ik was net thuis en ging naar de keuken om iets te eten. Toen ik ziek was, had ik wekenlang geen trek gehad en het leek of ik al die gemiste maaltijden moest inhalen. Mieke en Herman zorgden dat er altijd iets lekkers voor me klaarstond als ik uit school kwam.

Dit keer hadden ze een quiche voor me in de koelkast gezet. Ik zette hem in de magnetron en keek naar buiten.

De straat was zoals altijd vol met auto's: ze reden snel door de plassen en maakten meterslange fonteinen. De ruitenwissers werkten op de hoogste stand.

Aan de andere kant van de straat, onder het afdakje van het bushokje, stond slechts één persoon. Een meisje. Ze trok de mouwen van haar jas over de vingers. Ze moest het heel erg koud hebben, want ze stampte met haar voeten en sloeg de armen om zichzelf heen. Het was ook echt hondenweer: waterkoud en winderig, en het regende pijpenstelen.

Er kwam een bus, maar het meisje stapte niet in. Raar was dat: er rijdt geen andere lijn door onze straat. Misschien wachtte ze op iemand, dacht ik.

Het meisje ging met haar voeten op de bank zitten en sloeg haar armen om haar knieën. Ik dacht dat ik haar zag trillen.

Opeens ging er schok door me heen: Eline! Door het slechte weer, het donker en de breedte van de straat zag ik haar niet goed, maar ik wist het heel zeker. Eline, mijn liefde, Eline.

De magnetron piepte, maar ik had geen tijd om hem uit te zetten. Ik rukte mijn jas van de kapstok en rende de regen in, tussen de toeterende auto's door, naar de overkant.

'Eline!'

Ze viel me om de nek en kuste elke plek op mijn gezicht. 'Ik heb je zo gemist, Daan. Zo heel erg. Ik moest komen. Ik weet dat het niet goed is, maar ik moest.' Na elk woord een zoen. 'Hier,' zei ze en ze duwde iets in mijn hand. 'Tweehonderd euro. Meer heb ik nog niet, maar de rest komt. Ik beloof het je.' En weer die zachte kusjes. Ze was doorweekt en ik intussen ook, en pas nu besefte ik tot mijn verbazing dat ik op mijn sokken naar buiten was gestormd en dat ik de voordeur open had gelaten.

'Kom je binnen?' vroeg ik.

Eline schudde haar hoofd. 'Nee.'

'Mijn ouders werken nog. We hebben een uur of twee.'

'Nee, Daan. Stel dat ze onverwacht eerder thuiskomen. Dan bellen ze de politie, dat weet ik zeker.'

Ze had gelijk. Mieke en Herman mochten me alles vergeven hebben en sinds ik ziek was geworden nooit meer een woord over geld hebben gezegd, maar Eline was taboe bij ons thuis.

'Maar ik wil met je praten,' zei ik. 'Je kunt toch nu niet weer verdwijnen? Ik kan niet zonder je!'

'Je bent magerder geworden.'

'Ik was ziek. Eline, twee uurtjes. Alsjeblieft, doe dat voor me.' Ik was bereid om op mijn knieën te gaan vallen en te smeken. Ik zou zelfs in de plassen gaan liggen en haar bij haar voeten vasthouden als het moest. Ik zou alles doen, als ze maar niet wegging zonder mij.

Eline keek op haar horloge. 'Heb je zin om naar dat lege huis te gaan? Je weet wel...'

En of ik het wist! Het was heel koud, maar toen ze het zei, kreeg ik het onmiddellijk heet. De herinnering aan mijn eerste keer. 'Ja! Ja!' riep ik. 'Alleen even mijn fiets halen.'

'Trek dan ook maar droge sokken en schoenen aan.'

Voor droge sokken had ik geen tijd, dus ik gooide de natte in de hoek van de gang, stapte met blote voeten in mijn schoenen en rende zo snel alsof ik vleugels had naar de schuur.

Het duizelde in mijn hoofd toen we op volle kracht door de regen en tegen de wind in fietsten. Het suisde in mijn oren. Zwarte vlekjes vlogen zo nu en dan voor mijn ogen en soms leek het of ik geen kracht meer had om mijn benen te bewegen.

Verbazend was het niet: ik sliep nog steeds tien uur per nacht en deed niet mee met gym, want dan raakte ik buiten adem. Ik was nog zwak. De huisarts zei het en ik wist het zelf ook. Een conditie van nul komma nul.

Soms hadden we het rode licht tegen en dan kon ik een beetje bijkomen.

Eline keek me ongerust aan. 'Was je heel erg ziek, Daan? Sorry, ik wist er niks van. Anders had ik je een kaartje gestuurd of zo.'

Ik knikte alleen. Ik had geen kracht om te praten. Niet eens om haar te vragen of zij niet ziek was geweest.

We waren niet ver van die nieuwbouwwijk, toen ik vanuit

mijn ooghoek een rode auto aan zag komen. De chauffeur minderde vaart en reed in hetzelfde tempo als ik. Ik dacht dat het vanwege de regen was, want het goot heel erg. Opeens, toen we langs een plantsoentje fietsten, schoot de auto naar voren om daarna dwars op het fietspad te komen staan. Ik had nog net de tijd om te beseffen dat het hetzelfde model was als de auto van Herman, toen mijn broer naar buiten stormde, me bij mijn keel vastgreep, me meesleurde en de auto in gooide. Hij sloeg het portier dicht en deed het op slot. Ik wilde naar buiten, maar steeds als ik het knopje omhoogtrok, deed hij het weer dicht.

Het lukte me om de deur open te maken en één been op de grond te zetten, maar Bas duwde me zo hard terug dat ik achteroverviel. Toen pakte hij mijn been vast, duwde het de auto in en deed de deur weer op slot.

Ik hoorde hem tegen Eline schreeuwen, maar door de regen kon ik zijn woorden niet horen. Zij schreeuwde iets terug, maar al snel boog ze haar hoofd en knikte. Gaf ze mijn broer gelijk? Dat kon toch niet waar zijn!

Ik sloeg met mijn handen tegen de ramen, schopte met mijn voeten tegen de deur, ik drukte op de claxon, maar niemand lette op me: Bas niet, Eline niet en alle langsrijdende chauffeurs niet. Alsof ik niet bestond, zo voelde ik me.

Na een paar minuten stapte Eline op haar fiets. Ze stopte voor de auto, stuurde me een handkus en fietste heel langzaam weg. Bas bleef buiten staan. Waarschijnlijk was hij bang dat ze nog van gedachten zou veranderen en terug zou komen. Pas toen ik haar niet meer kon zien, pakte hij mijn fiets en zette hem op de drager.

Toen ging hij in de auto zitten, sloeg heel hard met zijn hand tegen het stuur en zei: 'Weet je wat ze is, die vriendin van je?

Een sprinkhaan. Of beter: een sprinkhanenplaag. Ze springt van mens op mens. Ze springt op een naïeve jongen en ontneemt hem alles: zijn geld, zijn zelfvertrouwen, zijn respect voor zichzelf, zelfs zijn hoop neemt ze weg, en dan springt ze verder.'

Ik rilde, en wist niet of het door mijn natte kleren kwam of door boosheid.

Ik stond nog in de gang de knopen uit mijn natte veters te halen, toen Bas vanuit de badkamer naar beneden kwam en me een duw gaf, zodat ik op de trap belandde. Voorzichtig trok hij mijn schoenen uit. Daarna hielp hij me uit mijn jas en mijn trui en wees naar boven.

'Het bad in,' zei hij. 'Dan krijg je het warm. Ik ga Herman en Mieke niets over vandaag vertellen. Als je Eline niet in de problemen wilt brengen, doe jij dat ook niet. Anders gaan ze misschien naar de politie.'

Ik was zo moe en had het zo koud dat ik niet eens zin had om boos te worden. Een warm bad. Ja, in die klotewereld was dat misschien het allerbeste wat er bestond.

Die avond en nacht heb ik tien sms'jes naar Eline gestuurd. Het laatste wilde ik rond één uur 's nachts verzenden. Toen ik om zeven uur 's ochtends wakker werd, hield ik mijn mobieltje nog steeds in mijn hand. Het schermpje was leeg. Geen berichten. Geen gemiste oproepen. Ik was haar weer kwijt.

Al maanden daarvoor hadden we besloten dat we geen sinterklaascadeautjes zouden doen.

'Jullie zijn er inmiddels veel te groot voor,' had Herman gezegd.

Op school werd er ook niks georganiseerd en dus wist ik dat ik dat jaar geen cadeautjes in mijn schoen zou vinden. Ik had wel een cadeau voor Eline gekocht: blauwe oorbellen. Ze lagen in mijn kamer achter de schoolboeken verstopt. Ik had haar een sms gestuurd dat ik iets voor haar had en zelfs waar het lag. Ooit zou ze ze krijgen, dat wist ik zeker. Ooit zou ik haar weer zien.

Toen ik na school thuiskwam ging ik naar de keuken. Ik wachtte tot de soep warm was en keek naar buiten. Ik wist dat ze daar niet zou staan, maar toch. Het idee alleen, dat was al mooi. Nog een paar dagen, nog een paar weken, en ik zou weer sterk genoeg zijn om hele middagen door Rotterdam te fietsen. Ik zou haar vinden. En dan zouden we voor altijd samen zijn.

Mieke en Herman kwamen bijna tegelijk thuis, en een halfuurtje later kwamen Bas en Julia. Mieke zette een gebraden kip met appels en peren op tafel, en daarna appeltaart met rumijs, en rond halfnegen zaten we allemaal op de grond rond de salontafel te kaarten. Hermans buik was zo vol dat hij de knoop van zijn broek open moest maken, en ik voelde voor de eerste keer in weken dat ik te veel had gegeten.

We gingen bridgen. Herman en ik tegen Bas en Julia. Ik begrijp nog steeds niet veel van dat spel, maar dit keer ging het niet slecht en al snel stonden Herman en ik op winst. Bas deelde de kaarten, toen er iets door de brievenbus werd gegooid.

'Reclame? Op sinterklaasavond?' zei Mieke.

'Ik ga wel,' zei Julia.

Ze kwam terug met een heel klein pakketje en legde het voor me neer. Het was verpakt in roze bloemetjespapier. Heel meisjesachtig.

'Voor mij?' zei ik verbaasd.

'Jouw naam staat erop,' zei ze.

'O? Waar?'

Ze wees met haar vinger.

Ik pakte het pakketje vast en begreep waarom ik het niet direct had gezien. De letters waren heel klein, bijna onzichtbaar.

'Maak je het niet open?' vroeg Herman.

Ik scheurde het papiertje eraf. Een kartonnen doosje. Ik peuterde het plakband los en trok de klepjes omhoog. Een rood, zacht papiertje met iets hards erin. Ik vouwde het voorzichtig uit. Een zilveren hartje met een minuscuul kaartje: *Voor mijn schat Daan. Eline.*

Ze hield nog van me.

Ik gooide de kaarten op de vloer en sprong op, zo snel en onhandig dat ik met mijn knie tegen de tafel stootte. De glazen en kopjes trilden, koffie spetterde in het rond.

'Daan, wat doe je?' riep Mieke, maar ik was al in de hal.

Ik trok de deur open en riep de straat in: 'Eline! Eline!'

Er stond niemand voor ons huis. Ik rende de voortuin in. 'Eline!' riep ik zo hard mogelijk. 'Eline!'

De gordijnen in het huis naast ons gingen open en de buurvrouw kwam voor het raam staan, maar dat kon me niet schelen. Ik stormde ons huis binnen, trok mijn jas van de kapstok en hinkend trok ik mijn schoenen aan.

'Wat ga je doen?' vroeg Mieke, die inmiddels met Herman, Julia en Bas in de hal stond.

'Eline zoeken,' zei ik. Ik bukte en strikte mijn veter.

'Je mag niet weg,' zei Mieke.

'Jammer voor je, want ik ga toch,' zei ik en ik strikte de veter van mijn andere schoen.

'Dat heeft toch geen zin,' zei mijn moeder. 'Ze is al weg, en je weet niet eens welke kant ze op is gegaan.'

'Maakt niks uit. Ik zal haar vinden.'

'Nee!' zei Mieke.

'Ja!' riep ik en ik rende naar de deur. Herman sloeg hem dicht en ging ervoor staan.

'Nee,' zei hij.

'Dan ga ik door de tuindeur,' zei ik en ik rende de woonkamer in.

Ik was pas bij de bank toen ik voelde dat ik opgetild werd. Dat was Bas. Hij hield me van achteren stevig in zijn greep.

'Je gaat nergens heen,' zei hij. 'Helemaal nergens. Die meid is doodgevaarlijk. Misschien niet voor zichzelf, maar voor jou. Snap je het nog niet?'

Ik schopte in de lucht, ik zwaaide met mijn armen, maar het lukte me niet om hem te raken. Toen een paar seconden later Herman bij ons was, had ik al helemaal geen kans meer om te ontsnappen. Zelfs als ze zich ergens om de hoek verstopte en op mij wachtte, moest ze inmiddels begrepen hebben dat ik niet zou komen.

'Maar ik hou van haar!' schreeuwde ik.

Mieke pakte mijn hand vast. 'En wij van jou.'

Het heeft nog een halfuur geduurd voor ik naar de gang mocht om mijn schoenen weg te zetten en mijn jas op te hangen, en zelfs toen liep Bas met me mee.

'Rot op,' zei ik.

Hij schudde zijn hoofd. 'Ik rot niet op,' zei hij. 'Nu is het genoeg. Het lijkt alsof je bezeten door haar bent. Verslaafd. Ik ga je beschermen zoals toen je nog klein was.'

'Hoe dan?' spotte ik. 'Wil je me elke dag naar school brengen en halen, zoals toen?'

'Als het moet, dan doe ik dat,' zei hij.

23

Kerst, Nieuwjaar, toetsweek: het deed me allemaal niks. Alsof ik een leven leidde dat niet van mij was. Ik deed alles en voelde niets.

Eline kwam nooit meer langs en dat maakte dat ik vanbinnen stierf. Ik ging braaf naar school en maakte mijn huiswerk, en verplaatste weer verfpotten en gipsplaten bij de Gamma. Ik ging zelfs soms met de jongens stappen, maar voor de rest was ik dood.

Elke nacht, tot ik in slaap viel, dacht ik aan Eline en haalde ik me haar gezicht voor de geest. Ik probeerde me te herinneren hoe haar huid onder mijn vingers voelde. Ik probeerde me de aanraking van haar handen op mijn blote rug te herinneren. Ik dacht overdag zoveel aan haar dat ik 's nachts over haar droomde en bijna vrolijk wakker werd. Zo was ze een beetje bij me.

Thuis keek iedereen me aan alsof ik elke seconde kon ontsnappen om nooit meer terug te komen. Gelijk hadden ze: als ik Eline zou vinden, zou ik weglopen.

Ik negeerde Herman, ik praatte niet tegen Mieke, ik deed alsof Bas niet bestond. Soms moest ik mijn mond opendoen, maar dan zei ik alleen ja en nee, en als dat niet kon, gaf ik hun de kortst mogelijke antwoorden: 'Om halfzeven.' 'Acht lessen.' 'Morgen vrij.'

Na een tijdje stelde Bas me geen vragen meer. Ook Herman accepteerde mijn nieuwe communicatiewijze. Alleen Mieke kon er niet tegen: op een dag zag ik haar huilen. Verschrikkelijk vond ik dat, maar ja, het was ook haar schuld dat Eline alweer was verdwenen.

De eerste keer gebeurde het op vrijdag in de toetsweek. Ik fietste van school naar huis. Na dagen van regen en wind was het de eerste zonnige dag.

Toen ik langs de glazen wand van een Albert Heijn fietste, zag ik de weerspiegeling van een bekend silhouet. Ik keek onmiddellijk over mijn schouder, maar nee, er fietste daar geen meisje, het was slechts een illusie.

Twee weken later zag ik haar in de bus die net bij de halte tegenover ons huis kwam. Ik wreef in mijn ogen, en toen reed de bus weg.

In februari, net voor de voorjaarsvakantie, dacht ik dat ik haar de hoek om zag rijden, maar toen ik naar buiten rende, was ze verdwenen. En amper een week later zag ik dat ze voor me bij de stoplichten stond. Ik trok aan haar mouw. 'Eline!'

Ze was het niet. Dat meisje leek niet eens op Eline, behalve dat ze ook blauw haar had.

Ik dacht dat ik gek was geworden.

Het was al eind april, toen Bas zei dat hij me die zaterdag nodig had.

''s Avonds laat,' zei hij.

'En als ik niet ga?' vroeg ik. Ik kon hem nog steeds zijn verraad niet vergeven. Want dat was het: verraad. Hij had de kant van mijn ouders gekozen en mij laten vallen. Ik moest niets van hem hebben, en ik piekerde er zelfs niet over om met hem mee te gaan.

'Dan sleur ik je mee,' zei hij op een dodelijk ernstige toon.

Ik proestte.

'Ik meen het,' zei hij.

Hij had het op dinsdag gezegd en ik was het direct vergeten, dus toen hij zaterdag aan tafel vertelde dat we 's avonds laat voor een uurtje of twee weggingen, vroeg ik dommig: 'Wie? Ik? Een afspraak? Met wie?'

'Met mij! Heb je behalve pfeiffer ook alzheimer?'

Mieke en Herman keken ons afwachtend aan: Mieke verbaasd, Herman blij. Hij dacht zeker dat we als twee goede broers gingen stappen.

'Vertellen jullie wat jullie gaan doen?' vroeg Mieke.

'Nee,' zei Bas.

'O, verrassing!' zei Mieke.

Bas ademde luid in. 'Nou,' zei hij, 'een verrassing zou ik het beslist niet noemen.'

'Spannend!' riep Herman.

'Dat zeker,' zei Bas, maar hij lachte niet. Zij gezicht stond heel serieus. Alsof hij zich zorgen maakte.

Julia veegde onzichtbare kruimels weg. Ze keek niemand aan en ik dacht dat ik wist waarom: zij wist wat we gingen doen. Mieke moest hetzelfde hebben gedacht, want ze keek Julia lang aan en trok met haar lippen, zoals altijd als ze niet blij is.

'Nou, ga dan!' zei Herman.

Bas schudde zijn hoofd. 'Te vroeg,' zei hij. 'Veel te vroeg. We gaan pas rond halftwaalf of misschien nog later. Ik word gebeld wanneer we kunnen komen.'

Mieke sprong van haar stoel. 'Halftwaalf, zeg je? Is het niet een beetje te laat voor Daan? Hij is nog niet helemaal hersteld!'

Bas stond op, stapelde de borden op elkaar en zei. 'Ja, ma,

het is heel laat. Maar het kan niet anders en ik vind het belangrijk.'

Mieke hapte naar adem en ik kon goed zien dat ze nog iets wilde zeggen, maar Herman pakte haar hand vast en zei: 'Rustig, ik weet niet wat Bas van plan is, maar het komt allemaal goed met onze jongens, ik weet het zeker.'

Mieke knikte snel. 'Ja ja, je hebt gelijk. Het komt allemaal goed.'

Zoals ik al had verwacht gingen we met de auto. Ik zette mijn stoel zo ver mogelijk naar achteren, zodat ik met gestrekte benen kon zitten.

Bas bekeek kritisch mijn houding en toen ik mijn armen over elkaar sloeg, vroeg hij: 'Zo, lekker dwars en afstandelijk?'

'Waar gaan we naartoe?' vroeg ik.

Hij negeerde mijn vraag. 'Gelijk heb je,' zei hij. 'Ik deed ook zo dwars toen ik veertien was. Lekker opstandig. Mieke huilde, Herman werd elke dag boos op me en jij trok aan mijn trui en zei dat ik niet zo lelijk tegen ze moest doen.'

'Deed ik dat?'

Bas lachte. 'Elke dag. Tot ik je een paar keer een mep gaf. Toen zei je het niet meer. Je zei niets meer, zoals nu, sinds Sinterklaas. Of beter: sinds je Eline leerde kennen.'

'Het ligt niet aan Eline.'

'Nee. Daar heb je gelijk in. Het ligt aan jou, zoals het toen aan mij lag. Maar je kunt er niets aan doen, en dat weet ik.'

'En jij weet het omdat jij er toen ook niets aan kon doen?' vroeg ik.

Bas knikte. Ik vroeg niks meer.

We reden over De Zwaan, en daarna linksaf. De straten waren leeg, de ramen van de huizen donker. Nog steeds had ik totaal geen idee wat we gingen doen, en toen we ergens in een buitenwijk op een grote parkeerplaats naast een hangar belandden, dacht ik dat hij echt gek was geworden: hij zette de auto niet zomaar op de eerste de beste vrije plaats, maar reed minutenlang rond, alsof hij naar iets op zoek was.

'Aha,' zei hij opeens. '*Here you are.* Stap uit.'

Ik keek rond, zag niemand, maar ik hoorde waar we waren. Keiharde muziek. Een disco. Ergens verbaasde het me niet. Vroeger, voor hij iets met Julia kreeg, was Bas gek op disco. Elk weekend ging hij stappen en dan kwam hij pas tegen de ochtend terug. En dan vertelde hij bij het ontbijt welke leuke meiden hij had leren kennen en hoeveel telefoonnummers hij had gekregen. Zou hij me aan een meisje willen helpen? Belachelijk!

Bas parkeerde de auto dwars achter een grote Citroën.

'Zo kan hij niet weg,' zei ik.

'Als het goed is, blijven we hier maar heel kort. Kom, we gaan.'

De muziek klonk harder met elke stap die we richting de hal zetten.

'Denk je dat ik naar binnen mag?'

'Met mij wel.'

Hij had gelijk. De twee bodybuilders die voor de deur stonden keken me eerst kleinerend aan en staken zelfs hun armen uit om me tegen te houden, maar Bas liet hun een geplastificeerd kaartje en een briefje zien en toen trokken ze de deur open.

'Blijf de hele tijd bij mij, wat er ook gebeurt, snap je?' zei Bas en hij duwde me voor zich uit.

We belandden op een soort balkon. De dansvloer beneden was vol. Het was paasfeest: sommige mensen hadden grote papieren konijnenoren op hun hoofd en iedereen was gekleed in geel en paars. Lelijk.

De discolichten gingen aan en uit, en de ene seconde zag ik alles en de volgende weer niets.

'We wachten op een rustig nummer,' riep Bas in mijn oor.

Ik wilde al vragen waarom, maar het lawaai was zo erg dat ik zou moeten schreeuwen, dus ik liet het zo.

Wachten duurt lang, zeker als je ergens bent waar je helemaal niet wilt zijn, maar uiteindelijk werd het tempo van de muziek langzamer.

Ik keek naar Bas. Hij begreep wat ik bedoelde. 'Een moment,' zei hij. 'Ik moet iemand zoeken.' Hij draaide met zijn hoofd alsof hij iedereen beneden aan het scannen was, rij voor rij, cirkel na cirkel, koppel na koppel.

'Hebbes,' zei hij opeens. 'Daar, Daan, kijk daar.'

Ik keek naar de plek die hij aanwees, maar zag niets bijzonders. Gewoon, dansende mensen.

'Kijk goed,' zei hij. 'Herken je daar niemand?'

Ik keek en schudde mijn hoofd. 'Nee.'

'Ach, Daan! Kijk eens beter.'

Ik tuurde, maar wist nog steeds niet wie hij bedoelde.

'Dat meisje, met kort paars haar,' zei Bas. 'Je wilt me toch niet zeggen dat je niet weet wie ze is?'

Ik kreeg een kleine hartaanval, dat weet ik zeker, want ik voelde hoe mijn hart voor een paar seconden pijnlijk stopte met kloppen en mijn bloed stroomde niet meer. Eline danste niet ver onder ons. Paars stond haar minder mooi dan blauw, en kort haar minder mooi dan lang, maar ze was nog steeds zo prachtig als altijd. Ze had een witte jeans aan, een dun paars bloesje en hoge hakken, en alles zag er duur uit.

Ik slikte. Ik had geen verklaring voor wat ik zag.

Toen zag ik iets wat voor de tweede keer die avond mijn hart deed stilstaan.

Eline en de man draaiden om elkaar heen en nu stond hij met zijn gezicht naar mij toe. Dat was de man die ik op het strand had gezien. Dezelfde man van het Museumpark en van voor Pathé. Hij kuste Eline. Lang en vurig, recht op de mond. En met de tong – dat was heel goed zichtbaar.

Zou ze... Nee, dat kon niet.

Maar toch, zou ze al die tijd...

Leugens...

Nee, zo mocht ik niet denken! Dat wat Eline en ik hadden was echt!

Mijn maag draaide zich om en ik wilde naar buiten, de frisse lucht in, maar Bas hield me tegen.

'Stuur haar een sms'je,' zei hij en hij legde beschermend zijn arm over mijn schouder. 'Schrijf dat je hier bent. Dat je haar ziet.'

Ik schudde mijn hoofd. 'Waarom? Dat heeft toch geen zin. Ze is... Ze is hier met die... die klootzak.'

'Precies daarom.'

'Nee. Als ze zo graag met een oude vent...'

'Doe het verdomme, anders doe ik het!'

'Je hebt haar nummer niet.'

'O nee? Je moet je mobiel niet laten slingeren.'

'Controleer je me? Hoe kun je!'

'Wat moest ik anders: toekijken hoe ze je leven kapotmaakt? Sms jij of moet ik het doen?'

'Ze zou niet geloven dat ik het ben. Je hebt een ander nummer.'

'Daan, denk logisch na! Je kunt toch intussen een nieuw nummer hebben. Doe wat ik zeg.'

Ik wist dat hij niet blufte. Dat doet hij tenslotte nooit. En als Eline een sms'je terug zou sturen, dan was het beter dat het bij mij binnenkwam. Ik deed dus wat hij wilde. 'Kijk nr balkon, daar sta ik' luidde mijn tekst.

Ik zag dat ze aan haar broekzak voelde, haar mobiel pakte en de tekst las.

Ze wreef over haar voorhoofd. Ze zei iets tegen de man. Hij haalde zijn schouders op en legde zijn hand op haar rug. Ze deed een stap naar achteren, sloeg zijn hand weg en zei weer iets. Hij werd boos. Zij zwaaide heftig met haar armen. Hij ook. Hij schreeuwde. Zij ook. De mensen rondom hen keken naar hen en gingen opzij, zodat zich een lege kring om hen heen vormde. Hij gooide iets op de grond, zij bukte, pakte het en rende naar een deur met erboven in grote neonletters EXIT.

Bas trok aan mijn arm. 'Kom.'

Ik volgde hem. De voorstelling was afgelopen. Ja, want dat moest het zijn: een voorstelling. Ik hield van Eline en zij hield van mij. Dat was echt. Dat was waar. Al die dagen met elkaar – dat was niet gelogen!

'Hoe heb je haar zo ver kunnen krijgen?' vroeg ik.

'Wat bedoel je?' Bas keek me verbaasd aan.

'Nou, dat ze deed alsof ze op die man viel. Want ik geloof het niet. Heb je het met Julia verzonnen of alleen?'

Bas keek me ongelovig aan. 'Heb je nog niet genoeg gezien? Nou, dan is het maar goed dat ik de auto achter de hunne heb geparkeerd.'

'Hoezo, hun auto?'

'Gewoon. Zij woont zo nu en dan bij hem, maar dat wist je niet, hè? Arme Eline, ze heeft geen plek om te wonen. Wat erg...' zei hij en het klonk zo sarcastisch dat ik het er koud van kreeg.

'Het is een kennis van haar, hij helpt haar met sommige dingen. Je moet er niks achter zoeken,' zei ik, ook al riep alles in mij dat hij gelijk had en ik gek was.

'Maar natuurlijk, Daan! Zou jij een kennis zo kussen?'

Weer werd ik misselijk en als we nog binnen waren geweest en niet in de frisse lucht, dan zou ik overgegeven hebben.

'Gaat het?' vroeg Bas.

'Zou het goed met jou gaan als je zou zien hoe Julia met iemand anders zoent?'

'Precies,' zei hij toen we naar de auto liepen. 'Het zou klote met mij gaan. Het is een foute meid, Daan. Niet haar schuld. Haar moeder is al jaren dood en haar vader is verslaafd. Dat is waar. Julia heeft het uitgezocht. Maar niet alleen haar vader is fout. Eline zelf deugt ook niet. Ze speelt zulke smerige spelletjes met je. En ze woont met die vent in een drugsvilla. En ja, hij is een crimineel. En zij is zijn meisje. Alleen hebben ze heel vaak ruzie over geld dat ze van hem steelt, dat ze dus ook terug moet geven. Daarom had ze je nodig.'

'Je liegt.'

'Ik lieg niet. En dat weet je.'

Eline zag ons niet aankomen. Ze stond te vloeken en tegen het wiel van Hermans auto te schoppen.

'Eline,' zei ik.

Ze draaide zich niet direct om. Eerst greep ze naar haar haar, zoals ik haar zo vaak had zien doen. Ze zakte een beetje door haar knieën. En haar rug werd heel bol. Haar hele lichaam trilde alsof ze elk moment in huilen kon uitbarsten. Zielig.

Op dat moment hield ik van haar en tegelijk haatte ik haar. Ik wilde haar omarmen en ik wilde haar zo hard duwen dat ze op de grond zou vallen. Ik bleef dus op een afstand van haar staan, want ik was bang dat ik iets verkeerds zou kunnen doen. Meisjes slaan is niks voor mij.

Langzaam draaide Eline zich om, en ze keek niet mij, maar mijn broer aan.

'Moest het echt?' vroeg ze en haar stem klonk anders dan wanneer ze met mij praatte. Heel volwassen, alsof ze een zelfbewuste vrouw was en niet een onzeker meisje.

'Wat denk je zelf?' vroeg Bas.

'Ik heb toch niks verkeerd gedaan?'

'Je zou hem met rust laten. Je hebt het beloofd! Hij heeft je gezien, en ik geloof niet dat hij gek is – je stalkt hem. Je maakt de wond steeds open. Zo kan hij je nooit vergeten.'

Ik keek van mijn broer naar Eline en weer naar mijn broer. Hadden ze afgesproken dat Eline me nooit meer zou zien? Wat wist ik nog meer niet?

'Maar ik wil helemaal niet dat hij me vergeet.'

'Je bent een egoïst.'

'Je weet niet wat ik ben!'

'Wat hebben jullie uitgespookt?' riep ik. 'Achter mijn rug? Jullie twee?'

Ik zette het op een lopen. Ik wist niet welke kant ik op moest, maar dat was nu onbelangrijk. Ik wilde weg. Weg van Eline en weg van mijn broer. Weg van iedereen. Weg van de hele wereld die mij had verraden. Liefde is niks waard. Alle mensen liegen, en de mensen van wie je het meest houdt, liegen het hardst.

Iemand rende achter me aan. Ik wist niet wie, maar omkijken deed ik niet, want als het mijn broer was, dan zou hij me zo inhalen.

Toen iemand aan mijn schouder trok, viel ik. Het was Eline. Zoals toen, bijna een jaar geleden, in Antwerpen, lag ik weer voor haar voeten en keek ik in haar ogen, die nu zwart leken, maar er was geen ontroering in me, geen liefde op dat moment, alleen pijn.

Eline stak haar hand naar me uit, precies zoals toen, maar ik pakte hem niet vast. Op eigen kracht krabbelde ik overeind.

Hermans auto stopte met piepende remmen naast ons en Bas stormde naar buiten.

'Laat hem met rust! Ga naar die suikeroom van je.' Hij duwde haar opzij en sloeg zijn arm over me heen. 'Kom, we gaan. Je hebt genoeg gezien.'

Maar dat wilde Eline niet. Ze trok aan mijn jas. 'Nee, Daan, nee. Luister naar mij alsjeblieft, ik leg je alles uit. Daan, Daantje, alsjeblieft! Ik zweer je, ik zal je echt de waarheid vertellen.'

'Wat?' riep Bas. 'Wat wil je uitleggen? Dat je meer van zulke jongens hebt? Dat je iedereen manipuleert? Julia wilde je helpen en zou je niet hebben verraden, maar jij wilde haar hulp niet. Jij vindt het lekker, zo'n leven, met die vieze man. Jij wilde het niet opgeven!'

'Ik wil wel, maar ik kan het niet!' riep Eline en ze trok weer aan mijn jas. 'Die Julia van je kent de ellende alleen uit boeken, ze heeft het nooit meegemaakt. Ze weet niet hoe het is om...' Ze keek me aan. Ze aarzelde. 'Ik kan niet,' herhaalde ze. 'Ik kan niet weg bij Bruno. Nog niet.'

'Je kunt wel, maar je wilt niet!' schreeuwde Bas en hij hield me stevig vast.

Hoe het gebeurde dat ze opeens met elkaar op de vuist gingen heb ik niet gezien, alleen dat zij hem een duw gaf en hij haar, en dat ze hem tegen zijn knie schopte en toen verloor hij bijna zijn evenwicht en waarschijnlijk onbewust, om niet te vallen, greep hij de schouderriem van haar tas vast. Ze wilde zich losrukken. De riem scheurde. De tas viel ondersteboven op de grond.

Geld. Een paar dikke rollen geld. Een heleboel kleine zakjes met pillen. Een paar zakjes met... wiet? En los geld. Biljetten van tien en twintig euro.

Bas stond alweer. Hij bukte, pakte een van de rollen en haalde het elastiekje eraf.

'Kijk eens. Mevrouw is rijk. Volgens mij ben je Daan nog geld schuldig. Weet je nog hoeveel?' vroeg hij op beheerste toon, alsof er helemaal niks bijzonders was gebeurd.

'Nog elfhonderddertig,' fluisterde Eline. Ze hield haar hoofd gebogen, maar ik zag dat haar ogen dicht waren.

'Klopt dat, Daan?'

Ik zei geen woord. Ik kon niet eens helder denken, dus rekenen al helemaal niet.

'Elfhonderddertig,' herhaalde Bas. 'Plus tweehonderdvijftig die hij nog voor zijn reis vanuit Frankrijk aan Mieke en Herman verschuldigd is, dat is dertienhonderdtachtig. En nog tweehonderd van mij, dus samen vijftienhonderdtachtig. Klopt het?'

Eline knikte. 'Ja. Maar dat geld is niet van mij, echt niet, dus doe dat niet, alsjeblieft. Ik... Ik bewaar het alleen, niets meer. Ik moet het tot de laatste cent teruggeven, en anders...' Ze huilde. Ze was bang.

Opeens herinnerde ik me de man met de envelop op het Museumplein. En de jongen van de patatkraam. Wat had die gezegd? 'Volgende keer hetzelfde' of zoiets. En weer een herinnering: de armen met blauwe plekken, t-shirts met lange mouwen. Pietje met zijn waarschuwingen: 'Ze is niet slecht, maar ook niet goed.' De joint die we samen hadden gerookt. Sjoerd die Eline in een disco had gezien. Die man met wie ze net danste, die haar kuste en zijn hand op haar billen legde. Werkte ze voor hem? Was hij haar vriend? Waarschijnlijk beide... Pikte ze zijn geld? Was Eline... dealer?

Bas lachte. 'Ja ja, niet jouw geld,' zei hij en hij telde de biljetten. 'Honderd, honderdvijftig, tweehonderd, tweehonderdvijftig...'

'Doe dat niet,' zei ik. 'Als het niet van haar is, dan krijgt ze problemen.'

Bas keek naar het geld, dat hij al in zijn zak wilde stoppen. Zijn gezicht veranderde. Nu zag hij er niet meer boos uit, maar moe en vol medelijden.

'Misschien heb je gelijk,' zei hij. 'Dan slaan ze haar in elkaar, zo gaat het toch, nietwaar? En dan moet ze weer een huis zoeken waar ze kan onderduiken en een naïeve jongen om aan geld te komen.' Hij liet het geld op de grond vallen alsof het in zijn handen brandde.

'Ik wil hier weg,' zei ik.

Het was twee uur 's nachts toen we tussen de grote flats door terug naar huis reden. Mijn telefoon ging en ik wist dat het Eline was die belde.

Ik viste de telefoon uit mijn broekzak en keek op het scherm.

'Neem alsjeblieft niet op,' zei Bas.

'Ik hou nog steeds van haar,' zei ik.

'Dat je van haar houdt, betekent niet dat die liefde goed voor je is.'

Het gebel stopte en na een paar seconden begon het weer. En wéér. En wéér. Ik nam niet op en ik las de berichtjes die ze stuurde niet.

Bas reed De Zwaan op. De brug was leeg, alleen onze auto klom in de stilte omhoog. Ik keek uit het raam naar de donkere oevers, naar de gebouwen, waar de meeste mensen sliepen, maar waar sommige lagen te draaien en te denken aan wat ze fout hadden gedaan.

Eline belde weer.

Bas keek naar mijn mobieltje en klemde zijn tanden op elkaar.

Midden op de brug stopte hij opeens, dicht bij een lantaarn.

'Wat is er?' vroeg ik.

Hij helde naar mij over en voor ik iets kon zeggen rukte hij mijn mobiel uit mijn handen, stapte uit de auto, sprong over de balk waar de kabels aan verankerd zijn en liep naar de reling.

Ik wist wat hij wilde doen. Zo gek is mijn broer wel.

'Nee!' riep ik. 'Niet doen!' Ik sprong uit de auto en wilde hem stoppen, maar hij hield me met zijn hand op afstand, nam een aanloop en gooide mijn mobiel de Nieuwe Maas in.

Hij viel, hij viel, hij viel... Een seconde overwoog ik serieus om erachteraan te springen, maar ik zou hem toch niet tegen het water kunnen beschermen.

Het schermpje lichtte op – dat was Eline die weer belde. Haar stem, haar berichtjes, haar 06-nummer dat ik nooit ergens had opgeschreven, alles verdween in het water. Al mijn dromen, mijn verlangens, mijn pijn en mijn hoop. Binnen een paar seconden belandde mijn grote liefde op de bodem van de Nieuwe Maas, en ik heb niet eens een plons gehoord.

Wat was haar nummer ook alweer? Ik had het toch duizenden keren opgeroepen en op het schermpje gezien? Nul zes vijf een drie zes zeven... Of was het zes drie zeven? Of zeven zes drie? Waarom had ik het niet uit mijn hoofd geleerd? Het laatste cijfer was een negen. Dat wist ik zeker.

'Kom,' zei Bas.

'Waarom?' riep ik en ik sprong naar hem toe. 'Waarom heb je dat gedaan?'

Bas pakte met beide handen mijn jas dicht bij mijn keel vast en schudde me door elkaar. 'Omdat ik van je hou, snap je? Omdat ik van mijn broertje hou!' Toen drukte hij me tegen zich aan. 'Kom,' zei hij. 'We gaan naar huis.'

24

Ik pleegde geen zelfmoord, ik werd niet doodziek en zelfs niet depressief.

Toen we weer thuis terug waren en Bas nog wilde praten, heb ik nee gezegd, koude chocomelk gedronken en ben ik naar mijn kamer gegaan. Het eerste en het enige wat ik heb gedaan voor ik naar bed ging was de ketting met Elines ring afdoen. De ring heb ik in het papieren zakje bij haar sinterklaasoorbellen gedaan. De ketting gooide ik in een la. Ik zou hem niet meer nodig hebben.

Ik werd om zeven uur 's ochtends wakker en kon niet meer slapen. Om halfnegen zat ik samen met Mieke en Herman te ontbijten, toen Bas naar beneden kwam. Tegelijk zag ik de voeten van Julia op de overloop. Ze rende op haar tenen naar de badkamer.

Bas keek me onderzoekend aan, dus ik zei 'hoi' en at verder.

'Hoi, broertje,' zei Bas langzaam. 'Hoe is-tie?'

'Goed, hoor,' zei ik.

Dat geloofde mijn broer duidelijk niet, want hij fronste zijn voorhoofd en wenkbrauwen alsof hij heel hard moest nadenken.

'Nou, goed dan,' mompelde hij uiteindelijk en hij liet zich

op de stoel zakken. Hij gaapte en rekte zich uit. 'Wat ben ik toch moe.'

Mieke pakte een beker uit de kast en schonk koffie in. 'Is het gisteren laat geworden?' vroeg ze. Ze probeerde ongeïnteresseerd over te komen, maar het lukte haar niet. Iedereen kon zien dat ze onrustig van nieuwsgierigheid was. Ze voelde dat er iets belangrijks was gebeurd. Haar ogen schoten van Bas naar mij, alsof ze geen enkel gebaar van ons wilde missen.

'Weet ik niet eens,' zei Bas. 'Hoe laat was het, Daan? Twee uur? Of halfdrie?'

'Ik denk drie,' zei ik.

'Nou, drie uur dan,' zei Bas en hij pakte een croissant.

'Was het leuk?' vroeg Mieke.

Ze keek me aan, maar ik had mond vol, dus ik wees naar mijn broer.

'Nou... dat niet,' zei hij.

'Dus het was zonde om te gaan?' vroeg Herman.

'Helemaal niet. Het was absoluut de moeite waard,' zei mijn broer.

'O ja? De moeite waard?' herhaalde Herman. 'Hebben jullie dan iets interessants meegemaakt?'

Bas en ik keken elkaar aan en haalden tegelijk de schouders op.

'Ach, Herman, vraag ze gewoon wat ze hebben gedaan!' riep Mieke en iedereen lachte, maar al snel werd het weer doodstil aan tafel.

Bas gebaarde naar mij dat ik iets moest zeggen, maar ik schudde mijn hoofd. Ik wilde niet dat mijn ouders wisten wat Eline deed en had gedaan. Bas knikte dat hij zou doen wat ik wilde.

'Mogen we het niet weten?' vroeg Mieke, want zij begreep

dat gesprek zonder woorden ook.

'Nee,' zei Bas.

'Omdat Daan dat heeft besloten?' vroeg Herman.

'Ja,' zei Bas.

Mieke haalde broodjes uit de oven. Ze waren aangebrand. 'Jullie zijn groot geworden,' verzuchtte ze. 'En ik weet niet wanneer het is gebeurd.'

''s Nachts,' grapte Herman, maar ik zag dat hij het ook moeilijk had.

Ik ook. Als al dat gedoe met Eline en van iemand houden en seks bij het volwassen worden hoorde, dan wilde ik heel graag voor een maandje of zes stoppen met puberen. Een korte pauze. Even uitrusten.

'O ja, er is wel iets gebeurd,' zei Bas. 'Ik heb Daans mobieltje gemold, dus hij moet een nieuwe hebben. Kunnen jullie iets voorschieten? Want ik zit een beetje krap deze maand.'

'Gemold,' herhaalde Herman. 'Hoezo, gemold?'

'O, gewoon. We stonden op de brug en toen heb ik het in de Nieuwe Maas laten vallen.'

Mijn broer, slimmerik, toekomstig advocaat, hij loog niet eens. Hij vertelde de waarheid.

Mieke keek ons met grote ogen aan en het was duidelijk dat ze er geen woord van geloofde. Zou ze verbaasd zijn als ik haar zou zeggen dat het gedeeltelijk waar was?

'Ja ja,' zei Herman. Het stond op zijn gezicht geschreven dat hij hard aan het denken was. 'Natuurlijk, mobieltje in de rivier. Kan gebeuren, toch, Mieke?'

Mieke knikte. 'Ja ja, alles kan, hoor. Het leven is soms verbazingwekkend gecompliceerd.'

'Hopelijk kunnen de vissen er iets mee,' zei Herman. 'Want, Daan... Tja... Hoe laat gaan de winkels op zondag open?'

'Twaalf uur, dacht ik,' zei Mieke.

'Nou, dan gaan we naar de Koopgoot. Het is niet anders. Ik betaal. Dat is het minste wat ik kan doen.'

Herman stond op en gaf Bas twee stevige schouderklopjes. Hij wist het, flitste door mijn hoofd. Mijn vader snapte wat er was gebeurd. En hij was heel trots op Bas, want mijn broer had gedaan wat mijn vader al heel lang wilde doen.

25

Het was weer mei. Een jaar later. Een jaar na tóén. Ik was het niet vergeten. Mieke, Herman en Bas ook niet, leek het, want ze gingen weer meer op me letten en ik kreeg het er zelfs een beetje benauwd van. Na twee ruzies beloofden ze om niet steeds te controleren waar ik was en wat ik deed, maar ik moest beloven dat ik, als het niet goed met mij zou gaan, met Bas zou gaan praten.

Dat vond ik helemaal niet erg, want ik praatte toch al veel met hem, ook over Eline. Het ging weer goed tussen mijn broer en mij. Hij wist dat ik geen spijt had van wat ik had gedaan, maar dat ik ook nooit meer zo blind zou zijn. Tenminste: dat hoopte ik.

Of het door de gesprekken met Bas kwam of door het feit dat het mei was en een jaar later: ik droomde vaak over haar. Heel vaak. En ik miste haar weer verschrikkelijk. Ik hield van haar. En ik haatte haar ook. Al die gevoelens door elkaar maakten dat ik heel onrustig sliep en het verbaasde me niet toen ik opeens droomde dat Eline naast mij op mijn bed zat en zacht over mijn wang streelde. Ik zou zelfs zweren dat ik haar kus op mijn wang voelde. Een heel zachte vlinderkus, zoals ze het noemde.

Opeens werd ik wakker en natuurlijk zat er niemand naast me. Ik ging weer liggen, sloot mijn ogen en liet mezelf geloven dat het allemaal toch waar was.

Toen ik 's ochtends op mijn bed ging zitten en toevallig naar mijn bureau keek, zag ik er een pakketje op liggen en een briefje, en toen wist ik dat ik eindelijk, voor één keer, wel gelijk had gehad en niet had gedroomd. Eline. Ze was 's nachts in mijn kamer gekomen, zeker naar binnen geklommen door het raam van mijn broer. Hij was het weekend bij Julia. Of misschien had ze gewoon de voordeur met een van haar sleutels opengemaakt.

'*Bedankt voor de oorbellen. En voor het bewaren van mijn ring*', stond er op het briefje. Ik voelde met mijn hand achter de schoolboeken daar waar het papieren zakje moest liggen. Het was weg. Ze had dus onthouden wat ik ooit aan haar had ge-sms't.

Ik pakte het pakketje dat ze voor me had achtergelaten. Het papier waar het in was verpakt, was hetzelfde als toen, met Sinterklaas. Ik ging op mijn vertrouwde plek tussen de kast en de muur zitten, de plek waar ik lang niet had gezeten, trok het papier weg en maakte het doosje open.

Geld. Vijftienhonderdtachtig euro.

Maar er was nog iets. Een briefje. Een papiertje volgeschreven met kleine letters met een donkerblauwe pen. De tekst van de song die Eline zong, toen, een jaar geleden, in Antwerpen, en daarna die ene dag, die speciale dag die ik altijd zou onthouden. Al toen ik de eerste woorden las, begreep ik dat ik haar nooit meer zou zien. Echt nooit.

May everyone live
And may everyone die.
Hello, my love.
And my love, goodbye.*

* Leonard Cohen, 'Here It Is'

Mooi boy

Ik moest hem kussen. Ik kon het niet laten – hij zag er zo mooi en vredig uit.

Veel meiden zeggen dat hun vriendje eruitziet als een baby als hij slaapt, maar zo is het met Daan niet. Hij lijkt dan op een jonge Romeinse god die ik in Italië heb gezien toen ik daar twee jaar geleden met Bruno was.

Hij sleurde me toen van museum naar museum en van tentoonstelling naar tentoonstelling en ik vond het allemaal saai, die oude beelden gehakt uit witte, harde steen. Ik wilde liever op het strand liggen en naar mooie jongens kijken. Maar ik moest mee naar al die musea die Bruno wilde zien: tegen hem zeg je slechts één keer nee, daarna doe je dat nooit meer.

Daarom liet ik Daan zo dicht bij mij komen. Omdat hij op die jonge god leek.

Dat was fout. En nu betalen we daar beiden een prijs voor.

Ik kuste hem nog één keer, heel zacht, op zijn wang. Hij bewoog en zei mijn naam.

Ik verstopte me onder zijn hoogslaper en wachtte tot zijn adem weer rustig werd. Toen liep ik op mijn tenen zijn kamer uit en deed de deur achter me dicht.

Ik klom door het raam en sprong zachtjes op het dak van de garage, en daarna op de grond.

Toen ik op de straat stond, keek ik nog één keer naar het huis.

Misschien kon ik toch terug? Daan zou me vergeven hebben als ik erom zou vragen, dat wist ik zeker. Dat wat hij voor mij voelde, was groter dan mijn leugens.

Voor ik het wist, stond ik weer op het dak van de garage, naast het raam. Ik zette mijn voet op de vensterbank en...

Nee. Ik mocht het niet doen. Bruno had me door Simon laten schaduwen en nu wist hij waar Daan woonde – hij zou me komen zoeken. Hij zou Daan iets aandoen, dat wist ik toch? Of hij zou mijn vader chanteren, zoals hij altijd doet. Dan zou mijn vader weer gaan drinken. De dokter zei dat het zijn dood zou worden.

Tot onze schuld afbetaald is, ben ik van Bruno. Dat heb ik besloten en er is niemand die het kan veranderen: de maatschappelijk werker niet, de politie niet en Julia al helemaal niet.

Huilen helpt niet.

Ik pakte de ring uit mijn broekzak en schoof hem aan mijn vinger. Vroeger herinnerde hij mij aan mijn oma en mijn moeder. Nu aan Daan. Aan hoe hij hem aan een ketting dicht bij zijn hart droeg.

Ik trok mijn capuchon over mijn hoofd en stapte op mijn fiets. Bruno was vast al op zoek naar mij. Het zou beter zijn als ik uit mezelf zou verschijnen.

Maar eerst nog naar Pietje. Het was een goede week geweest; ik had genoeg verkocht om Bruno tevreden te stellen, en ik kon bijna honderd euro in mijn geheime spaarpot in Piets keet stoppen. Nog een jaar, misschien anderhalf, en dan heb ik genoeg gespaard om bij Bruno weg te gaan.

Ik stapte op mijn fiets en reed weg. Voor ik de hoek omging, keek ik nog een keer naar het huis.

Daan. Mijn onmogelijke liefde.